一只特立独行的猪

王小波 著

北京出版集团
北京十月文艺出版社

新经典文化股份有限公司
www.readinglife.com
出 品

目录

一只特立独行的猪	1
有关"给点气氛"	5
椰子树与平等	9
肚子里的战争	13
"行货感"与文化相对主义	17
有与无	21
皇帝做习题	25
有关克隆人	29
有关"媚雅"	32
谦卑学习班	36
拒绝恭维	41
体验生活	46
奸近杀	50
苏东坡与东坡肉	54

文明与反讽	58
有关贫穷	62
思想和害臊	66
刘罗锅子与雾都孤儿	70
关于格调	73
关于崇高	80
卡拉OK和驴鸣镇	84
有关"上帝被打了"	87
愚人节有感	90
京片子与民族自信心	93
驴和人的新寓言	97
承认的勇气	100
有关"伟大一族"	104
百姓·洋人·官	108

极端体验	112
我看国学	116
智慧与国学	121
有关天圆地方	131
理想国与哲人王	134
东西方快乐观区别之我见	140
洋鬼子与辜鸿铭	147
弗洛伊德和受虐狂	151
对中国文化的布罗代尔式考证	154
跳出手掌心	160
迷信与邪门书	167
科学的美好	172
科学与邪道	177
对待知识的态度	181

生命科学与骗术	185
高考经历	191
盛装舞步	195
我看"老三届"	199
有关"错误的故事"	204
我怎样做青年的思想工作	207
写给新的一年（一九九六年）	211
写给新的一年（一九九七年）	214
我为什么要写作？	218
工作与人生	224

一只特立独行的猪

插队的时候，我喂过猪，也放过牛。假如没有人来管，这两种动物也完全知道该怎样生活。它们会自由自在地闲逛，饥则食渴则饮，春天来临时还要谈谈爱情；这样一来，它们的生活层次很低，完全乏善可陈。人来了以后，给它们的生活做出了安排：每一头牛和每一口猪的生活都有了主题。就它们中的大多数而言，这种生活主题是很悲惨的：前者的主题是干活，后者的主题是长肉。我不认为这有什么可抱怨的，因为我当时的生活也不见得丰富了多少，除了八个样板戏，也没有什么消遣。有极少数的猪和牛，它们的生活另有安排，以猪为例，种猪和母猪除了吃，还有别的事可干。就我所见，它们对这些安排也不大喜欢。种猪的任务是交配，换言之，我们的政策准许它当个花花公子。但是疲惫的种猪往往摆出一种肉猪（肉猪是阉过的）才有的正人君子架势，死活不肯跳到母猪背上去。母猪的任务是生崽儿，但有些母猪却要把猪崽儿吃掉。总的来说，人的安排使猪痛苦不堪。但它们还是接受了：猪总是猪啊。

对生活做种种设置是人特有的品性。不光是设置动物，也设置自己。我们知道，在古希腊有个斯巴达，那里的生活被设置得了无生趣，其目的就是要使男人成为亡命战士，使女人成为生育机器，前者像些斗鸡，后者像些母猪。这两类动物是很特别的，但我以为，它们肯定不喜欢自己的生活。但不喜欢又能怎么样？人也好，动物也罢，都很难改变自己的命运。

以下谈到的一只猪有些与众不同。我喂猪时，它已经有四五岁了，从名分上说，它是肉猪，但长得又黑又瘦，两眼炯炯有光。这家伙像山羊一样敏捷，一米高的猪栏一跳就过；它还能跳上猪圈的房顶，这一点又像是猫——所以它总是到处游逛，根本就不在圈里呆着。所有喂过猪的知青都把它当宠儿来对待，它也是我的宠儿——因为它只对知青好，容许他们走到三米之内，要是别的人，它早就跑了。它是公的，原本该劁掉。不过你去试试看，哪怕你把劁猪刀藏在身后，它也能嗅出来，朝你瞪大眼睛，嗷嗷地吼起来。我总是用细米糠熬的粥喂它，等它吃够了以后，才把糠兑到野草里喂别的猪。其他猪看了嫉妒，一起嚷起来。这时候整个猪场一片鬼哭狼嚎，但我和它都不在乎。吃饱了以后，它就跳上房顶去晒太阳；或者模仿各种声音。它会学汽车响、拖拉机响，学得都很像；有时整天不见踪影，我估计它到附近的村寨里找母猪去了。我们这里也有母猪，都关在圈里，被过度的生育搞得走了形，又脏又臭，它对它们不感兴趣；村寨里的母猪好看一些。它有很多精彩的事迹，但我喂猪的时间短，知道得有限，索性就不写了。总而言之，所有喂过猪的知青都喜欢它，喜欢它特立独行的派头儿，还说它活得潇洒。但老乡们就不这么浪漫，他们说，这猪不正经。领导则痛恨它，这一点以后还要谈到。我对它则不止是喜欢——我尊敬它，常常不顾自己虚长十几岁这一现实，把它叫作"猪兄"。如前所述，这位猪兄会模仿各种声音。我想它也学过人说话，但没有学会——假如学会了，我们就可以做倾心之谈。但这不能怪它。人和猪的音色差得太远了。

后来，猪兄学会了汽笛叫，这个本领给它招来了麻烦。我们那里有座糖厂，中午要鸣一次汽笛，让工人换班。我们队下地干活时，听见这次汽笛响就收工回来。我的猪兄每天上午十点钟总要跳到房上学汽笛，地里的人听见它叫就回来——这可比糖厂鸣笛早了一个半小时。坦白地说，这不能全怪猪兄，它毕竟不是锅炉，叫起来和汽笛还有些区别，但老乡们却硬说听不出来。领导上因此开了一个会，把它定成了破坏春耕的坏分子，要对它采取专政手段——会议的精神我已经知道了，但我不为它担忧——因为假如专政是指绳索和杀猪刀的话，那是一点门都没有的。以前的领导也不是没试过，一百人也逮不住它。狗也没用：猪兄跑起来像颗鱼雷，能把狗撞出一丈开外。谁知这回是动了真格的：指导员带了二十几个人，手拿五四式手枪；副指导员带了十几人，手持看青的火枪，分两路在猪场外的空地上兜捕它。这就使我陷入了内心的矛盾：按我和它的交情，我该舞起两把杀猪刀冲出去，和它并肩战斗，但我又觉得这样做太过惊世骇俗——它毕竟是只猪啊；还有一个理由，我不敢对抗领导，我怀疑这才是问题之所在。总之，我在一边看着。猪兄的镇定使我佩服之极：它很冷静地躲在手枪和火枪的连线之内，任凭人喊狗咬，不离那条线。这样，拿手枪的人开火就会把拿火枪的打死，反之亦然；两头同时开火，两头都会被打死。至于它，因为目标小，多半没事。就这样连兜了几个圈子，它找到了一个空子，一头撞出去了；跑得潇洒之极。以后我在甘蔗地里还见过它一次，它长出了獠牙，还认识我，但已不容我走近了。这种冷淡使我痛心，但我也赞成它对心怀叵测的人保持距离。

  我已经四十岁了，除了这只猪，还没见过谁敢于如此无视对生活的设置。相反，我倒见过很多想要设置别人生活的人，还有对被设置的生活安之若素的人。因为这个缘故，我一直怀念这只特立独行的猪。

  * 载于1996年第11期《三联生活周刊》杂志。

有关"给点气氛"

我相信，总有些人会渴望有趣的事情，讨厌呆板无趣的生活。假如我有什么特殊之处，那就是：这是我对生活主要的要求。大约十五年前，读过一篇匈牙利小说，叫作《会说话的猪》，讲到有一群国营农场的种猪聚在一起发牢骚——这些动物的主要工作是传种。在科技发达的现代，它们总是对着一个被叫作"母猪架子"的人造母猪传种。该架子新的时候大概还有几分像母猪，用了十几年，早就被磨得光秃秃的了——那些种猪天天挺着大肚子往母猪架子上跳，感觉有如一坨冻肉被摔上了案板，难免口出怨言，它们的牢骚是：哪怕在架子背上粘几撮毛，给我们点气氛也好！这故事的结局是相当有教育意义的：那些发牢骚的种猪都被劁掉了。但我总是从反面理解问题：如果连猪都会要求一点气氛，那么对于我来说，一些有趣的事情干脆是必不可少。

活在某些时代，持有我这种见解会给自己带来麻烦。我就经历过这样的年代——书书没得看,电影电影没得看,整个生活就像个磨得光秃秃的母猪架子,好在我还发现了一件有趣的事情,那就是发牢骚——发牢骚就是架子上残存的一撮毛。大家聚在一起,你一句,我一句,人人妙语连珠,就这样把麻烦惹上身了。好在我还没有被剧掉,只是给自己招来了很多批评帮助。这时候我发现,人和人其实是很隔膜的。有些人喜欢有趣,有些人喜欢无趣,这种区别看来是天生的。

作为一个喜欢有趣的人,我当然不会放弃阅读这种获得有趣的机会。结果就发现,作家里有些人拥护有趣,还有些人是反对有趣的。马克·吐温是和我一头的,或者还有萧伯纳——但我没什么把握。我最有把握的是哲学家罗素先生,他肯定是个赞成有趣的人。摩尔爵士设想了一个乌托邦,企图给人们营造一种最美好的生活方式,为此他对人应该怎样生活做了极详尽的规定,包括新娘新郎该干点什么——看过《乌托邦》的人一定记得,这个规定是:在结婚之前,应该脱光了身子让对方看一看,以防身上暗藏了什么毛病。这个用意不能说不好,但规定得如此之细就十足让人倒胃,在某些季节里,还可能导致感冒。罗素先生一眼就看出乌托邦是个母猪架子,乍看起来美奂美轮,使上一段,磨得光秃秃,你才会知道它有多糟糕——他没有在任何乌托邦里生活过,就有如此见识,这种先知先觉让人佩服得五体投地——他老人家还说,须知参差多态,乃是幸福的本源。反过来说,呆板无趣就是不幸福——正是这句话使我对他有了把握。一般来说，主张扼杀有趣的人总是这么说的：为了营造至善，我们必须做出这种牺牲。但却忘记了让人们活着得到乐趣，这本身就是善。因为这点小小的疏忽，至善就变成了至恶……

这篇文章是从猪要求给点气氛说起的。不同意我看法的人必然会说，人和猪是有区别的。我也认为人猪有别，这体现在人比猪要求得更多，而不是更少。除此之外，喜欢有趣的人不该像那群种猪一样，只会发一通牢骚，然后就被劁掉。这些人应该有些勇气，做一番斗争，来维护自己的爱好。这个道理我直到最近才领悟到。

我常听人说：这世界上哪有那么多有趣的事情。人对现实世界有这种评价、这种感慨，恐怕不能说是错误的。问题就在于应该做点什么。这句感慨是个四通八达的路口，所有的人都到达过这个地方，然后在此分手。有些人去开创有趣的事业，有些人去开创无趣的事业。前者以为，既然有趣的事不多，我们才要做有趣的事。后者经过这一番感慨，就自以为知道了天命，此后板起脸来对别人进行说教。我以为自己是前一种人，我写作的起因就是：既然这世界上有趣的书是有限的，我何不去试着写几本——至于我写成了还是没写成，这是另一个问题，我很愿意就这后一个问题进行讨论，但很不愿有人就头一个问题来和我商榷。前不久有读者给我打电话，说：你应该写杂文，别写小说了。我很认真地倾听着。他又说：你的小说不够正经——这话我就不爱听了。谁说小说非得是正经的呢？不管怎么说罢，我总把读者当作友人，朋友之间是无话不说的；我必须声明，在我的杂文里也没什么正经。我所说的一切，无非是提醒后到达这个路口的人，那里绝不是只有一条路，而是四通八达的，你可以做出选择。

* 载于1996年第10期《三联生活周刊》杂志。

椰子树与平等

二十多年前,我在云南插队。当地气候炎热,出产各种热带水果,就是没有椰子。整个云南都不长椰子,根据野史记载,这其中有个缘故。据说,在三国以前,云南到处都是椰子,树下住着幸福的少数民族。众所周知,椰子有很多用处,椰蓉可以当饭吃,椰子油也可食用。椰子树叶里的纤维可以织粗糙的衣裙,椰子树干是木材。这种树木可以满足人的大部分需要,当地人也就不事农耕,过着悠闲的生活。忽一日,诸葛亮南征来到此地,他要教化当地人,让他们遵从我们的生活方式:干我们的活,穿我们的衣服,服从我们的制度。这件事起初不大成功,当地人没看出我们的生活方式有什么优越之处。首先,秋收春种,活得很累,起码比摘椰子要累;其次,汉族人的衣着在当地也不适用。就以诸葛先生为例,那身道袍料子虽好,穿在身上除了捂汗和捂痱子,捂不出别的来;至于那顶道冠,既不遮阳,也不挡雨,只能招马蜂进去做窝。当地天热，摘两片椰树叶把羞处遮遮就可以了。至于汉朝的政治制度，对当地的少数民族来说，未免太过烦琐。诸葛先生磨破了嘴皮子，言必称孔孟，但也没人听。他不觉得自己的道理不对，却把帐算在了椰子树身上：下了一道命令，一夜之间就把云南的椰树砍了个精光；免得这些蛮夷之人听不进圣贤的道理。没了这些树，他说话就有人听了——对此，我的解释是，诸葛亮他老人家南征，可不是一个人去的，还带了好多的兵，砍树用的刀斧也可以用来砍人，砍树这件事说明他手下的人手够用，刀斧也够用。当地人明白了这个意思，就怕了诸葛先生。我这种看法你尽可以不同意——我知道你会说，诸葛亮乃古之贤人，不会这样赤裸裸地用武力威胁别人；所以，我也不想坚持这种观点。

对于此事，野史上是这么解释的：蛮夷之人，有些稀奇之物，就此轻狂，胆敢藐视天朝大邦；没了这些珍稀之物，他们就老实了。这就是说，云南人当时犯有轻狂的毛病，这是一种道德缺陷。诸葛先生砍树，是为了纠正这种毛病，是为他们好。我总觉得这种说法有点太过惊世骇俗。人家有几样好东西，活得好一点，心情也好一点，这就是轻狂；非得把这些好东西毁了，让人家心情沉痛，这就是不轻狂——我以为这是野史作者的意见，诸葛先生不是这样的人。

野史是不能当真的，但云南现在确实没有椰子，而过去是有的。所以这些椰树可能是诸葛亮砍的。假如这不是耍野蛮，就该有种道义上的解释。我觉得诸葛亮砍椰子时，可能是这么想的：人人理应生来平等，但现在不平等了；四川不长椰树，那里的人要靠农耕为生；云南长满了椰树，这里的人就活得很舒服。让四川也长满椰树，这是一种达到公平的方法，但是限于自然条件，很难做到。所以，必须把云南的椰树砍掉，这样才公平。假如有不平等，有两种方式可以拉平：一种是向上拉平，这是最好的，但实行起来有困难；比如，有些人生来四肢健全，有些人则生有残疾，一种平等之道是把所有的残疾人都治成正常人，这可不容易做到。另一种是向下拉平，要把所有的正常人都变成残疾人就很容易：只消用铁棍一敲，一声惨叫，这就变过来了。诸葛先生采取的是向下拉平之道，结果就害得我吃不上椰子。在云南时，我觉得嘴淡时就啃几个木瓜。木瓜淡而无味，假如没熟透，啃后满嘴都是麻的。但我没有抱怨木瓜树，这种树内地也是不长的，假如它的果子太好吃，诸葛先生也会把它砍光啦。

我这篇文章题目在说椰子，实质在谈平等问题，挂羊头卖狗肉，正是我的用意。人人理应生来平等，这一点人人都同意。但实际上是不平等的，而且最大的不平等不是有人有椰子树，有人没有椰子树。如罗素先生所说，最大的不平等是知识的差异——有人聪明有人笨，这就是问题之所在。这里所说的知识、聪明是广义的，不单包括科学知识，还包括文化素质、艺术的品位，等等。这种椰子树长在人脑里，不光能给人带来物质福利，还有精神上的幸福；

这后一方面的差异我把它称为幸福能力的差异。有些作品,有些人能欣赏,有些人就看不懂,这就是说,有些人的幸福能力较为优越。这种优越最招人嫉妒。消除这种优越的方法之一就是给聪明人头上一闷棍,把他打笨些。但打轻了不管用,打重了会把脑子打出来,这又不是我们的本意。另一种方法则是:一旦聪明人和傻人起了争执,我们总说傻人有理。久而久之,聪明人也会变傻。这种法子现在正用着呢。

* 载于1996年第14期《三联生活周刊》杂志。

肚子里的战争

我年轻时，有一回得了病，住进了医院。当时医院里没有大夫，都是工农兵出身的卫生员——真正的大夫全都下到各队去接受贫下中农再教育去了。话虽如此说，穿着白大褂的，不叫他大夫又能叫什么呢。我入院第一天，大夫来查房，看过我的化验单，又拿听诊器把我上下听了一遍，最后还是开口来问：你得了什么病。原来那张化验单他没看懂。其实不用化验单也能看出我的病来：我浑身上下像隔夜的茶水一样的颜色，正在闹黄疸。我告诉他，据我自己的估计，大概是得了肝炎。这事发生在二十多年前，当时还没听说有乙肝，更没有听说丙肝丁肝和戊肝，只有一种传染性肝炎。据说这一种肝炎中国原来也没有，还是三年困难时吃伊拉克蜜枣吃出来的——叫作蜜枣，其实是椰枣。我虽没吃椰枣，也得了这种病。大夫问我该怎么办，我说你给我点维生素罢——我的病就是这么治的。说句实在话，住院对我的病情毫无帮助。

但我自己觉得还是住在医院里好些，住在队里会传染别人。

在医院里没有别的消遣，只有看大夫们给人开刀。这一刀总是开向阑尾——应该说他们心里还有点数，知道别的手术做不了。我说看开刀可不是瞎说的，当地经常没有电，有电时电压也极不稳，手术室是四面全是玻璃窗的房子，下午两点钟阳光最好，就是那时动手术——全院的病人都在外面看着，互相打赌说几个小时找到阑尾。后来我和学医的朋友说起此事，他们都不信，说阑尾手术还能动几个钟头？不管你信也好，不信也罢，我看到的几个手术没有一次在一小时之内找着阑尾的。做手术的都说，人的盲肠太难找——他们中间有好几位是部队骡马卫生员出身，参加过给军马的手术，马的盲肠就很大，骡子的盲肠也不小，哪个的盲肠都比人的大，就是把人个子小考虑在内之后，他的盲肠还是太小。闲着没事聊天时，我对他们说：你们对人的下水不熟悉，就别给人开刀了。你猜他们怎么说？"越是不熟就越是要动——在战争中学习战争！"现在的年轻人可能不知道，这后半句是毛主席语录。人的肠子和战争不是一码事，但这话就没人说了。我觉得有件事情最可恶：每次手术他们都让个生手来做，以便大家都有机会学习战争，所以阑尾总是找不着。刀口开在什么部位，开多大也完全凭个人的兴趣。但我必须说他们一句好话：虽然有些刀口偏左，有些刀口偏右，还有一些开在中央，但所有的刀口都开在了肚子上，这实属难能可贵。

我在医院里遇上一个哥们,他犯了阑尾炎,大夫动员他开刀。我劝他千万别开刀——万一非开不可,就要求让我给他开。虽然我也没学过医,但修好过一个闹钟,还修好了队里一台手摇电话机。就凭这两样,怎么也比医院里这些大夫强。但他还是让别人给开了,主要是因为别人要在战争里学习战争,怎么能不答应。也是他倒霉,打开肚子以后,找了三个小时也没找到阑尾,急得主刀大夫把他的肠子都拿了出来,上下一通紧捯。小时候我家附近有家小饭铺,卖炒肝、烩肠,清晨时分厨师在门外洗猪大肠,就是这么一种景象。眼看天色越来越暗,别人也动手来找,就有点七手八脚。我的哥们被人找得不耐烦,撩开了中间的白布帘子,也去帮着找。最后终于在太阳下山以前找到,把它割下来,天也就黑了,要是再迟一步,天黑了看不见,就得开着膛晾一宿。原来我最爱吃猪大肠,自从看过这个手术,再也不想吃了。

时隔近三十年,忽然间我想起了住院看别人手术的事,主要是有感于当时的人浑浑噩噩,简直是在发疯。谁知道呢,也许再过三十年,再看今天的人和事,也会发现有些人也是在发疯。如此看来,我们的理性每隔三十年就有一次质的飞跃——但我怀疑这么理解是不对的。理性可以这样飞跃,等于说当初的人根本没有理性。就说三十年前的事罢,那位主刀的大叔用漆黑的大手捏着活人的肠子上下倒腾时,虽然他说自己在学习战争,但我就不信他不知道自己是在胡闹。由此就得到一个结论:一切人间的荒唐事，整个社会的环境虽是一个原因，但不主要。主要的是：那个闹事的人是在借酒撒疯。这就是说，他明知道自己在胡闹，但还要闹下去，主要是因为胡闹很开心。

我们还可以得到进一步的推论：不管社会怎样，个人要为自己的行为负责——但作为杂文的作者，把推论都写了出来，未免有直露之嫌，所以到此打住。住医院的事我还没写完呢：我在医院里住着，肝炎一点都不见好，脸色越来越黄；我的哥们动了手术，刀口也总是长不上，人也越来越瘦。后来我们就结伴回北京来看病。我一回来病就好了，我的哥们却进了医院，又开了一次刀。北京的大夫说，上一次虽把阑尾割掉了，但肠子没有缝住，粘到刀口上成了一个瘘，肠子里的东西顺着刀口往外冒，所以刀口老不好。大夫还说，冒到外面还是万分幸运，冒到肚子里面，人就完蛋了。我哥们倒不觉得有什么幸运，他只是说：妈的，怪不得总吃不饱，原来都漏掉了。这位兄弟是个很豪迈的人，如果不是这样，也不会拿自己的内脏给别人学习战争。

* 载于1997年第9期《三联生活周刊》杂志。

"行货感"与文化相对主义

《水浒传》上写到,宋江犯了法,被刺配江州,归戴宗管。按理他该给戴宗些好处,但他就是不给。于是,戴宗就来要。宋江还是不给他,还问他:我有什么短处在你手里,你凭什么要我的好处?戴宗大怒道:还敢问我凭什么?你犯在我的手里,轻咳嗽都是罪名!"你这厮,只是俺手里的一个行货!"行货是劣等货物,戴宗说,宋江是一件降价处理品,而他自己则以货主自居。我看到这则故事时,只有十二岁,从此就有了一种根深蒂固的行货感,这是一种很悲惨的感觉。在我所处的这个东方社会里,没有什么能冲淡我的这种感觉——这种感觉中最悲惨的,并不是自己被降价处理,而是成为货物这一不幸的事实。最能说明你是一件货物的事就是:人家拿你干了什么或对你有任何一种评价,都无须向你解释或征得你的同意。我个人有过这种经历:在我十七岁时,忽然就被装上了火车,经长途运输运往云南,身上别了一个标签:

屯垦戍边。对此我没有什么怨言，只有一股油然而生的行货感。对于这件事，在中国的文化传统里早有解释：普天之下，莫非王土；率土之滨，莫非王臣……是啊，普天之下，莫非王土，我不是王；率土之滨，莫非王臣，我又不是王。我总觉得这种解释还不如说我是个行货更直接些。

古埃及的人以为，地球是圆的——如你所知，这是事实；古希腊的人却以为，地是一块平板，放在了大鲸鱼的背上，鲸鱼漂在海里，鲸鱼背上一痒，就要乱蹭，然后就闹地震——这就不是事实。罗素先生说，不能因此认为埃及人聪明，希腊人笨。埃及人住在空旷的地方，往四周一看，圆圆一圈地平线，得出正确的结论不难。希腊人住在多山、多地震的滨海地区，难怪要想到大海、鲸鱼。同样是人，生在旷野和生在山区，就有不同的见识。假若有人生为行货，见识一定和生为货主大有不同。后一方面的例子有美国《独立宣言》，这是两百年前一批北美的种植园主起草的文件，照我们这里的标准，通篇都是大逆不道的语言。至于前一方面的例子，中国的典籍里多的是，从孔孟以降，讲的全是行货言论，尤其是和《独立宣言》对照着读，更是这样。我对这种言论很不满，打算加以批判。但要有个立脚点：我必须证明自己不是行货——身为货物，批判货主是不对的。

这些年来，文化热长盛不衰，西方的学术思潮一波波涌进了中国。有一些源于西方的学术思想正是我的噩梦——这些学术思想里包括文化相对主义，功能学派，等等。说什么文化是生活的工具（马林诺夫斯基的功能论），没有一种文化是低等的（文化相对主义），这些思想就是我的噩梦。从道理上讲，这些观点是对的，但要看怎么个用法；遇上歪缠的人，什么好观点都要完蛋。举例来说，江州大牢里的宋江，他生活在一种独特的文化之中（我们可以叫它宋朝的牢狱文化），按照这种文化的定义，他是戴宗手里的行货，他应该给戴宗送好处。他若对戴宗说，人人生而平等，我也是一个人，凭什么说我是宗货物？咱们这种文化是有毛病的。戴宗就可以说：宋公明，根据文化相对主义的原理，没有一种文化有毛病，咱们这种文化很好，你还是安心当我的行货罢。宋江若说：虽然这种文化很好，但你向我要好处是敲诈我，我不能给。戴宗又可以说：文化是生活的工具，既然我们的文化里你得给我好处，这件事自有它的功能，你还是给了罢。如果不给，我就要按咱这种文化的惯例，用棍子来打你了——你先不要不满意，打你也有打你的功能。这个例子可以说明文化人类学的观点经不住戴宗的歪曲、滥用。实际上，没有一种科学能经得起歪曲、滥用。但有一些学者学习西方的科学，就是为了用东方的传统观念来歪曲的。从文化相对主义，就能歪曲出一种我们都是行货的道理来。

我们知道，非洲有些地方有对女孩行割礼的习惯，这是对妇女身心的极大摧残。一些非洲妇女已经起而斗争，反对这种陋习。假如非洲有些食洋不化的人说：这是我们的文化，万万动不得，甚至搬出文化相对主义来,他肯定是在胡扯。文化相对主义是人类学家对待外文化的态度,可不是让宋公明当行货,也不是让非洲的女孩子任人宰割。人生活在一种文化的影响之中,他就有批判这种文化的权利。我对自己所在的文化有所批评,这是因为我生活在此地,我在这种文化的影响之下,所以有批判它的权利。假设我拿了绿卡,住在外国,你说我没有这种权利,我倒无话可说。这是因为,人该是自己生活的主宰,不是别人手里的行货。假如连这一点都不懂,他就是行尸走肉,而行尸走肉是不配谈论科学的。

* 载于1996年第19期《三联生活周刊》杂志,题为"有关文化相对主义"。

有与无

我靠写作为生。有人对我说：像你这样写是不行的啊，你没有生活！我虽然长相一般，加上烟抽得多，觉睡得少，脸色也不大好看。但若说我已是个死尸，总觉得有点言过其实。人既没有死，怎么就没生活了呢？笔者过着知识分子的生活，如果说这种生活就叫作"没有"，则带有过时的意识形态气味——要知道，现在知识分子也有幸成为劳动人民之一种了。当然，我也可以不这样咬文嚼字，这样就可以泛泛地谈到什么样的生活叫作"有"，什么样的生活叫作"无"；换句话说，哪种生活是生活，哪种生活不叫生活。众所周知，有些作家常要跑到边远、偏僻的地方去"体验生活"——这话从字面上看，好像是说有些死人经常诈尸——我老婆也做过这样的事，因为她是社会学家，所以就不叫体验生活或者诈尸，而是叫作实地调查——field work。她当然有充分的理由做这件事，我却没有。

有一次，我老婆到一个南方小山村调查，因为村子不大，所以每个人都在别人眼皮底下生活。随便哪个人，都能把全村每个人数个遍，别人的家庭关系如何、经济状况如何，无不在别人的视野之中，岁数大的人还能记得你几岁出的麻疹。每个人都在数落别人，每个人也都在受数落，这种现象形成了一条非常粗的纽带，把所有的人捆在一起。婚丧嫁娶，无不要看别人的眼色，个人不可能做出自己的决定。她去调查时，当地人正给自己修坟，无论老少、健康状况如何，每个人都在修。把附近的山头都修满了椅子坟。因为这种坟异常的难看，当地的景色也异常的难看，好像一颗癞痢头。但当地人陷在这个套里，也就丧失了审美观。村里人觉得她还不错，就劝她也修一座——当然要她出些钱。但她没有修，堂堂一个社会学家，下去一个月，就在村里修了个椅子坟，这会是个大丑闻。这个村里的"文化"，或者叫作"规范"，是有些特异性的。从总体来说，可以说存在着一种集体的"生活"。但若说到属于个人的生活，可以说是没有的。这是因为村里每个成年人惦记的都是一模一样的事情：给自己修座椅子坟就是其中比较有趣的一件。至于为什么要这样生活，他们也说不出。

笔者曾在社会学研究所工作，知道有种东西叫作"norm"，可以译作"规范"，是指那些约定俗成，大家必须遵从的东西。它在不同的地方是不一样的，当然能起一些好作用，但有时也相当丑恶。人应该遵从所在社会的 norm，这是不言而喻的。但除了遵从 norm，还该不该干点别的，这就是问题。如果一个社会的 norm 很坏，就如纳粹德国或者"文化革命"初的中国，人在其中循规蹈矩地过了一世，谁都知道不可取。但也存在了这样的可能，就是经过某些人的努力，建立了无懈可击的 norm，人是不是只剩遵从一件事可干了呢？假如回答是肯定的，就难免让我联想到笼养的鸡和圈养的猪。我想任何一个农场主都会觉得自己猪场里的 norm 对猪来说是最好的——每只猪除了吃什么都不做，把自己养肥。这种最好的 norm 当然也包括这些不幸的动物必须在屠场里结束生命……但我猜测有些猪会觉得自己活得很没劲。

我老婆又在城里做一项研究，调查妇女的感情与性。有些女同志除了自己曾遵守 norm 就说不出什么，仿佛自己的婚姻是一片虚无。但也有些妇女完全不是这样，她们有自己的故事——爱情中每个事件，在这些故事里都有特别的意义。这主要是因为，这些姐妹有属于自己的生活和属于自己的价值观。"到岁数了，找合适的对象结婚，过正常的性生活"和"爱上某人"，是截然不同的事情。当然，假如你说，性爱只是生活的一隅，不是全体，我无条件地同意。但我还想指出，到岁数了，找合适的人，正常的性生活，这些都是从 norm 的角度来判断的——属于个人的，只是一片虚无。我总觉得,把不是生活的事叫作"生活"，这是在巧言掩饰。

现在可以说到我自己。我从小就想写小说，最后在将近四十岁时，终于开始写作——我做这件事，纯粹是因为，这是我爱的事业。是我要做,不是我必须做——这是一种本质的区别。我个人以为,做爱做的事才是"有",做自己也不知为什么要做的事则是"无"。因为这个缘故,我的生活看似平淡,但也不能说是"无"。有一种说法是这样的:人在年轻时,心气总是很高的,最后总要向现实投降。我刚刚过了四十四岁生日,在这个年龄上给自己做结论似乎还为时过早。但我总觉得,我这一生决不会向虚无投降。我会一直战斗到死。

皇帝做习题

明末清初，有批洋人传教士来到中国，后来在朝廷里做了官。其中有人留下了一本日记，后来在中国出版了。里面记载了一些有趣的事，包括他们怎么给中国皇帝讲解欧氏几何学：首先，传教士呈上课本、绘图和测绘的仪器，然后给皇上讲一些定理，最后还给皇上留了几道习题，等到下一讲，首先讲解上次的习题——《张诚日记》里就是这么记载的，但这些题皇上做了没有，就没有记载。我猜他是做了的，人家给你出了题目，会不会的总要试一试。假如皇上不是这样的人，也不会请人来讲几何学。这样一猜之后，我对这位皇上马上就有了亲近之感：他和我有共同的经历，虽然他是个鞑子，又是皇帝，但我还是觉得他比古代汉族的读书人亲近。孔孟程朱就不必说了，康梁也好，张之洞也罢，跟我们都隔得很远。我们没有死背过《三字经》、四书，他们没有挖空心思去解过一道几何题。虽然近代中国有些读书人有点新思想，提出新口号曰："中学为体，西学为用"，但我恐怕什么叫作"西学"，还是鞑子皇帝知道得更多些。

我相信，读者诸君里有不少解过几何题。解几何题和干别的事不同，要是解对了，自己能够知道，而且会很高兴。要是解得不对，自己也知道没解出来，而且会郁郁寡欢。一个人解对了一道几何题，他的智慧就取得了一点实在的成就，虽然这种成就可能是微不足道的，但对于个人来说，这些成就绝不会毫无意义。比尔·盖茨可能没解过几何题，他小时候在忙另一件事：鼓捣计算机。《未来之路》里说，他读书的中学里有台小型计算机，但它名不副实，是个像供电用的变压器似的大家伙。有些家长凑钱买下一点机时给孩子们用，所以他有机会接触这台机器，然后就对它着了迷。据他说，计算机有种奇妙之处：你编的程序正确，它绝不会说你错。你编的程序有误，它也绝不会说你对——当然，这台机器必须是好的，要是台坏机器就没有这种好处了。

如你所知，给计算机编程和解几何题有共通之处：对了马上能知道对，错了也马上知道错，干干脆脆。你用不着像孟夫子那样，养吾浩然正气，然后觉得自己事事都对。当然，不能说西学都是这样的，但是有些学问的确有这种好处，所以就能成事。成了事就让人羡慕，所以就想以自己为体去用人家——我总觉得这是单相思。学过两天理科的人都知道这不对，但谁都不敢讲。这道理很明白：以其昏昏，使人昭昭，这怎么成呢。

解几何题和编程序都是对自己智力的考验。通过了考验（解对了一道题或者编对一段程序），有种大便通畅似的畅快之感。我很希望中国的皇帝解过习题，而且还解对了几道。假如是这样，皇帝和我们就有了共同的体验，可以沟通了。编程也好，解几何题也罢，一开始时，你总是很笨的。不用蒙师来打手板，也不用学官来打屁股，你自己心里知道：程序死在机器里，题也做不出来，不笨还能说是很聪明的吗？后来程序能走通，题目也能做出来，不光有大便通畅之感，还感觉自己正在变得聪明——人活在世界上，需要这样的经历：做成了一件事，又做成一件事，逐渐地对自己要做的事有了把握。从书上看到，有很多大学问家都有这样的心路历程。

但是还有些大学问家有着另外一种经历：他大概没有做对过什么习题，也没有编对过什么程序，只是忽然间想通了一个大道理，觉得自己都对，凡不同意自己的都是禽兽之类。这种豁然贯通之感把他自己都感动了，以至于他觉得自己用不着什么证明，必定是很聪明。以后要做的事情只是要养吾浩然正气——换言之，保持自己对自己的感动，这就是他总是有理的原因。这种学问家在我们中国挺多的，名气也很大。但不管怎么说罢，比之浩然正气，我还是更相信"共同体验"。

历史不是我的本行，但它是我胡思乱想的领域——谁都知道近代中国少了一次变法。但我总觉得康梁也好，六君子也罢，倡导变法够分量，真要领导着把法变成，恐怕还是不行的。要建成一个近代国家，有很多技术性的工作要做，迂夫子是做不来的。要是康熙皇帝来领导，希望还大些——当然，这是假设皇上做过习题。

* 载于 1997 年 3 月 28 日《南方周末》，题为"共同体验"。

有关克隆人

电脑产业大发展以来，一直有人在说，电脑就要取代人脑，计算机会控制人类。现在英国有人造出一头克隆羊，又引起了一场大恐慌。既然人能够克隆羊，也就能克隆人。看来生物技术又要取代人类——所取代的部位是不言而喻的。现在的克隆技术还要用到人的生殖细胞，将来发明一种技术什么细胞都不用，那才会引起真正的恐慌。机械手早就在生产线上取代了人手，汽车轮子又在公路上取代了人腿，这两件事都没引起大恐慌。看来除了两个关键部位，别的地方都可以被取代。其实人手、人腿被取代后也没被砍下来，人脑被从某些工作中取代以后，更不必挖出来。我们可以用来干点别的。至于计算机，假如没有人来教唆，它不会想要控制人类——这对它并无好处。对电脑的恐慌是毫无道理的。

假如我说，对克隆人的恐惧也是毫无道理，势必要引起众怒，所以我不会这样说，而是想说点别的。现在人类已经发展到了这个地步，你做任何事情都需要经过学习。比方说，想要挣到吃饭的钱，就要受近二十年的教育拿到学位，才能找到事做；想要开车上路，又要花几千块钱上驾驶学校，才能拿到执照。花多少时间和多少金钱还是小事，还要脑袋够聪明、手脚够敏捷，才能成功。只有一件事还不是这样，那就是人的再生产。一个男人和一个女人在一起，无须很大的学问，就能弄出个孩子来。要是弄不出来，绝不是因为你学问不大或者不够聪明，只是因为你运气坏。人们喜欢这样的事，因为这样的事已经越来越少了。

假如克隆人的技术完善了，成为一种标准方法，那么很可能造孩子的第一步就不再与你有关，除非你是一位有关技术的专家。人们痛恨此事。尤其觉得自己当不了技术专家的人更是这样。孩子造成并不算完，还要把它生出来。虽然没有亲身体验，但我有理由相信，这事有相当的艰巨性。据说生孩子难易也是因人而异的，脑袋聪明的人干起这件事也不占便宜——经验多的人才会占便宜。这种现象不聪明的人会喜欢的。在伯尔先生的小说《莱尼和他们》中，女主人公莱尼在一位修女指导下，经过反复练习，在屙屎这件事上有了很高的造诣，做得非常流畅，达到了免纸的水平。二十多年前我在一个小山村里插队，那里有几位大嫂因为没有生下一个带把的（即男孩），一直在练习，虽然没生出带把的来，生不带把的却非常利索，完全是免纸的水平。假如有关技术继续发展，人可以从培养箱里造出来，这种绝技就无用武之地，这是叫人痛惜的。除此之外，人们还要问，从培养箱里造出来，那还叫作人吗？这问题我回答不了，也不想回答。

我说过，对克隆人这件事我不准备做任何评论。但我知道，人们为这样一种念头苦恼着：假如未来的人是从试管和暖箱里造出来的，没有父母了，他怎么生活呢？假如未来的人不用自己的身体造孩子了，他的精神又往何处寄托呢？假如真有这样的事情发生，我可以安慰这些未来的人：孩子们，你们的事业——科学与艺术，也是人造出来的。这就是说，你们虽不是父母的儿女，但还是牛顿、爱因斯坦和莎士比亚的儿女。你们要把人类的事业发扬光大——去做这些事罢。这世界上还有更坏的情况，那就是你的生活与这些前辈的事业全不接轨，去感谢上帝罢，这样的事没有发生在你们的身上。

* 载于1997年第7期《三联生活周刊》杂志。

有关"媚雅"

前不久在报纸上看到一篇文章,谈到有关"媚俗"与"媚雅"的问题。作者认为,米兰·昆德拉用出来一个词儿,叫作"媚俗",是指艺术家为了取悦大众,放弃了艺术的格调。他还说,我们国内有些小玩闹造出个新词"媚雅",简直不知是什么意思。这个词的意思我倒知道,是指大众受到某些人的蛊惑或者误导,一味追求艺术的格调,也不问问自己是不是消受得了。在这方面我有些经验,都与欣赏音乐有关。高雅音乐格调很高,大概没有疑问。我自己在音乐方面品位很低,乡村音乐还能听得住,再高就受不了。

大约十年前,我在美国,有一次到波士顿去看个朋友。当时正是盛夏,为了躲塞车,我天不亮就驾车出发,天傍黑时到,找到了朋友,此时他正要出门。他说,离他家不远有个教堂,每晚里面都有免费的高雅音乐会,让我陪他去听。说实在的,我不想去,就推托道:听高雅音乐要西装革履、正襟危坐。我开了一天的车,疲惫不堪，就算了罢。但是他说，这个音乐会比较随便，属大学音乐系师生排演的性质，你进去以后只要不打瞌睡、不中途退场就可。我就去了，到了门口才知道是演奏布鲁克纳的两首交响曲。我的朋友还拉我在第一排正中就座，听这两首曲子——在这里坐着，连打呵欠的机会都没有了。我觉得这两首曲子没咸没淡、没油没盐，演奏员在胡吹、胡拉，指挥先生在胡比划，整个感觉和晕船相仿。天可怜见，我开了十几个小时的车，坐在又热又闷的教堂里，只要头沾着点东西，马上就能睡着；但还强撑着，把眼睛瞪得滚圆，从七点撑到了九点半！中间有一段我真恨不能一头碰死算了……布鲁克纳那厮这两首鸟曲，真是没劲透了！

如前所述，我在古典音乐方面没有修养，所以没有发言权。可能人家布鲁克纳音乐的春风是好的，不入我这俗人的驴耳。但我总觉得，就算是高雅的艺术，也有功力、水平之分，不可以一概而论。总不能一入了高雅的门槛就是无条件的好——如此立论，就是媚雅了。人可以抱定了媚雅的态度，但你的感官马上就有不同意见，给你些罪受……

下一个例子我比较有把握——不是我俗，而是表演高雅音乐的人水平低所致。这回是听巴赫的合唱曲，对曲子我没有意见，这可不是崇拜巴赫的大名，是我自己听出来的。这回我对合唱队有点意见。此事的起因是我老婆教了个中文班，班上有个学生是匹兹堡市业余乐团的圆号手，邀我们去听彩排，我们就去了。虽不是正式演出,作为观众却不能马虎,因为根本就没有几个观众。所以我认真打扮起来——穿上三件头的西服。那件衣服的马甲有点瘦,但我老婆说,瘦衣服穿起来精神;所以我把吃牛肉吃胀的肚腩强箍了下去,导致自己的横膈膜上升了一寸,有点透不过气来。就这样来到音乐学院的小礼堂,在前排正中入座。等到幕启,见到合唱队,我就觉得出了误会:合唱队正中站了一位极熟的老太太。我在好几个课里和她同学——此人没有八十,也有七十五——我记得她是受了美国政府一项"老年人重返课堂"项目的资助,书念得不好,但教授总让她及格,我对此倒也没有什么意见。看来她又在音乐系混了一门课,和同学一起来演唱。很不幸的是,人老了,念书的器官会退化,歌唱的器官更会退化,这歌大概也唱不好。但既然来了,就冲这位熟识的老人,也得把这个音乐会听好——我们是有这种媚雅的决心的。说句良心话,业余乐团的水平是可以的,起码没走调;合唱队里领唱的先生水平也很高。及至轮到女声部开唱,那位熟识的老太按西洋唱法的要求把嘴张圆,放声高歌"亚美路亚",才半声,眼见得她的假牙就从口中飞了出来,在空中一张一合,作要咬人状,飞过了乐池,飞过我们头顶,落向脑后第三排;耳听得"亚美路亚"变成了一声"扑"!在此庄重的场合,唱着颂圣的歌曲,虽然没假牙口不关风,老太太也不便立即退场,瘪着嘴假作歌唱,其状十分古怪……请相信,我坐在那里很严肃地把这一幕听完了,才微笑着鼓掌。所有狂野粗俗的笑都被我咽到肚子里;结果把内脏都震成了碎片。此后三个月,经常咳出一片肺或是一片肝。但因为当时年轻,身体好,居然也没死。笔者行文至此,就拟结束。我的结论是:媚雅这件事是有的,而且对俗人来说,有更大的害处。

*载于1996年第2期《三联生活周刊》杂志。

谦卑学习班

朋友们知道我在海外留学多年，总要羡慕地说，你可算是把该看的书都看过了。众所周知，我们这里可以引进好莱坞的文化垃圾，却不肯给文人方便，设家卖国外新书的文化书店。如果看翻译的书，能把你看得连中国话都忘了。要是到北京图书馆去借，你就是老死在里面也借不到几本书。总而言之，大家都有想看而看不到的书。说来也惭愧，我在国外时，根本没读几本正经书，专拣不正经的书看。当时我想，正经书回来也能看到，我先把回来看不到的看了罢。我可没想到回来以后什么都看不到——要是知道，就在图书馆里多泡几年再回来。根据我的经验，人从不正经的书里也能得到教益。

我就从一本不正经的书里得到了一些教益。这本书的题目叫作《我是〈花花公子〉的编辑》，里面尽是荒唐的故事，但有一则我以为相当正经。这本书标明是纪实类的书，但我对它的真实性有一点怀疑。这故事是这么开始的：有一天，洛杉矶一家大报登出一则学习班的广告：教授谦卑。学费两千元，住宿在内，膳食自理。本书的作者接到主编的指示：去看看出了什么怪事。他就驱车出发，一路上还在想着：我也太狂傲了，这回报社给报销学费，让我也学点谦卑。等到到了学习班的报名处，看到了一大批过了气的名人：有文体明星、政治家、文化名人、道德讲演家，甚至还有个把在电视上讲道的牧师。美国这地方有点古怪：既捧人，也毁人。以电影明星为例，先把你捧到不知东西南北，口出狂言道：我是有史以来最伟大的男（女）演员，然后就开始毁。先是老百姓看他（她）狂相不顺眼，纷纷写信或打电话到报社、电视台贬他，然后，那些捧人的传媒也跟着转向，把他骂个一文不值——这道理很简单：报纸需要订户，电视台也需要收视率，美国老百姓可是些得罪不起的人哪。在我们这里就不是这样，所以也没有这样的学习班——这样一来，一个名人就被毁掉了。作者在这个学习班上见到的全是大名人，这些家伙都因为太狂，碰了钉子，所以想要学点谦卑。此时，他想到：和他们相比，我得算个老实人——狂傲这两个字用在我身上是不恰当的。当然，他还没见到我们中国的明星，要是见到了，一定会以为自己就是道德上的完人了。

且说这个学习班，设在一个山中废弃的中学里，要门没门，要窗没窗，只有满地的鹿粪和狐狸屎。破教室的地上放了一些床垫子，从破烂和肮脏程度来看，肯定是大街上拣来的垃圾。那些狂傲的名人好不容易才弄清是要他们住在这些垫子上，知道以后，就纷纷向工作人员嚷道：两千块钱的住宿就是这样的吗？人家只回答一句话：别忘了你是来学什么的！有些人就说：说得对，我是来学谦卑的，住得差点，有助于纠正我道德上的缺陷；有些人还是不理解，还是吵吵闹闹，但吵归吵，人家只是不理。等到中午吃饭时，那破学校的食堂里供应汉堡包，十块钱一份，面包倒是很大，生菜叶子也不少——毛驴会喜欢的——就是没有肉。有些狂傲的名人就吼了起来：十块钱一个的汉堡包就该是这样的吗？牛肉在哪儿？（顺便说一句，"Where is the beef！"是句成语，意思是"别蒙事呀！"）得到的回答是：别忘了你是来学什么的！就这样，吃着净素，睡着破床垫，每天早上在全校唯一能流出冷水的破管子前面排着长队盥洗。此书的作者是个老油子，看了这个破烂的地点和这些不三不四的工作人员，心里早就像明镜似的，但他也不来说破。除了吃不好睡不好，这个学习班还实行着封闭式管理，不到结业谁也不准回家——当然，除非你不想结业，也不要求退还学费，就可以回家。这些盛气凌人的家伙被圈在里面，很快就变得与一伙叫花子相仿。除了这种种不便，这个班还总不上课，让学员在这破烂中学里溜达，美其名曰反省自己。学习班的办公室里总是挤满了抱怨的人，大家都找负责人吵架；但这位负责人也有一手，总是笑容可掬地说道：要是我是你，就不这样气急败坏——要知道，在上帝面前，我们可都是罪人哪。至于课，我们会上的。听了以后保证你们会满意。长话短说，这个鬼学习班把大家耗了两个礼拜，这帮名人居然都坚持了下来，只是天天闹着要听课。

最后，上课的时刻终于来到了。校方宣布，主讲者是个伟大的人，很不容易请到。所以这课只讲一堂，讲完了就结业。于是，全体学员都来到了破礼堂里，见到了这位演讲人。原书花了整整三页来形容他，但我没有篇幅，只能长话短说：此人有点像歌星，有点像影星，有点像信口雌黄的政治家，又有几分像在讲台上满嘴撒村的野狐禅牧师——为了使中国读者理解，还要加上一句，他又像个有特异功能的大气功师。总而言之，他就是那个我们花钱买票听他嚷嚷的人。这么个家伙往台上一站，大家都倍感亲切，因而鸦雀无声。此人说道：我的课只讲一句话，讲完了整个学习班就结束……虽然只是一句话，大家记住了，就会终身受用不尽，以后永不会狂傲——听好了：You are an asshole！同时，他还把这话写在了黑板上；然后一摔粉笔，扬长而去。这话只能用北京俗话来翻译：你是个傻×！

礼堂里先是鸦雀无声，然后就是卷堂大乱。有人感到大受启发，说道：有道理，有道理！原来我是个傻×呀。还有人愤愤不平，说道：就算我真是个傻×，也犯不着花两千块钱请人来告诉我！至于该书作者，没有介入争论，径直开车下山去找东西吃——连吃两个礼拜的净素可不是闹着玩的。如前所述，我对这故事的真实性有点怀疑，但我以为，真不真的不要紧，要紧的是要有教育意义——中国常有人不惜代价，冒了被踩死的危险，挤进体育馆一类的地方，去见见大名人，在里面涕泪直流，出来后又觉得上当。这道理是这样的：用不着花很多钱，受很多罪，跑好远的路，洗耳恭听别人说你是傻×。自己知道就够了。

* 载于1996年第7期《三联生活周刊》杂志。

拒绝恭维

在美国时,常看"笑星"考斯比的节目。有一次他讲了这么一个笑话:小时候,他以为自己就是耶稣基督。这是因为每次他一人在家时,都要像一切小鬼一样,把屋里闹得一团糟。他妈回家时,站在门口,看到家里像发过一场大水,难免要目瞪口呆,从嘴角滚出一句来:啊呀,我的耶稣基督……他以为是说他呢。这种事情经常发生,他的这种想法也越来越牢固,以至于后来到了教堂里,听到大家热情地赞美基督,他总以为是在夸他,心里难免麻酥酥的,摇头晃脑暗自臭美一番。人家高叫"赞美耶稣我们的救主",他就禁不住要答应出来。再以后,他爹他妈发现这个小鬼头不正常,除了给他两个大耳光,还带他去看心理医生。最后他终于不胜痛苦地了解到,原来他不是耶稣,也不是救世主——当然,这个故事讲到这个地步,就一点都不逗了。这后半截是我加上的。

我小的时候，常到邻居家里去玩。那边有个孩子，比我小好几岁，经常独自在家。他不乱折腾，总是安安静静跪在一个方凳上听五斗橱上一个匣子——那东西后来我们拆开过，发现里面有四个灯，一个声音粗哑的舌簧喇叭，总而言之，是个破烂货——里面说着些费解的话，但他屏息听着。终于等到一篇文章念完，广播员端正声音，一本正经地说道：革命的同志们，无产阶级革命派的战友们……这孩子马上很清脆地答应了两声，跳到地上扬尘舞蹈一番。其实匣子里叫的不是他。刚把屁股帘摘掉没几天，他还远够不上是同志和战友，但你也挡不住他高兴。因为他觉得自己除了名字张三李四考斯比之外，终于有了个冠冕堂皇的字号，至于这名号是同志、战友还是救世主，那还在其次。我现在说到的，是当人误以为自己拥有一个名号时的张狂之态。对于我想要说到的事，这只是个开场白。

当你真正拥有一个冠冕堂皇的字号时，真正臭美的时候就到了。有一个时期，匣子里总在称赞革命小将，说他们最敢闯，最有造反精神。所有岁数不大，当得起那个"小"字的人，在臭美之余，还想做点什么，就拥到学校里去打老师。在我们学校里，小将们不光打了老师，把老师的爹妈都打了。这对老夫妇不胜羞辱，就上吊自杀了。打老师的事与我无关，但我以为这是极可耻的事。干过这些事的同学后来也同意我的看法，但就是搞不明白，自己当时为什么像吃了蜜蜂屎一样，一味地轻狂。国外的文献上对这些事有种解释，说当时的青春期少男少女穿身旧军装，到大街上挥舞皮带，是性的象征。但我觉得这种解释是不对的。我的同龄人还不至于从性这方面来考虑问题。

小将的时期很快就结束了，随后是"工人阶级领导一切"的时期。学校里有了工人师傅，这些师傅和过去见到的工人师傅不大一样，多少都有点晕晕乎乎、五迷三道，虽然不像革命小将那么疯狂，但也远不能说是正常的。然后就是"三支两军"时期，到处都有军代表。当时的军代表里肯定也有头脑清楚、办事稳重的人，但我没有见到过。最后年轻人都被派往农村，接受贫下中农的再教育，学习后者的优秀品质。下乡之前，我们先到京郊农村去劳动，作为一次预演。那村里的人在我们面前也有点不够正常——寻常人走路不应该把两腿叉得那么宽，让一辆小车都能从中推过去，也不该是一颠一颠的模样，只有一条板凳学会了走路才会是这般模样。在萧瑟的秋风中，我们蹲在地头，看贫下中农晚汇报，汇报词如下："最最敬爱的伟大领袖毛主席——我们（读作'母恩'）今天下午的活茬是：领着小学生们敛芝麻。报告完毕。"我一面不胜悲愤地想到自己长了这么大的个子，居然还是小学生，被人领着敛芝麻；一面也注意到汇报人兴奋的样子，有些人连冻出的清水鼻涕都顾不上擦，在鼻孔上吹出泡泡来啦。现在我提起这些事情，绝不是想说这些朴实的人们有什么不对，而是试图说明，人经不起恭维。越是天真、朴实的人，听到一种于己有利的说法，证明自己身上有种种优越的素质，是人类中最优越的部分，就越会不知东西南北，撒起癔症来。我猜越是生活了无趣味，又看不到希望的人，就越会竖起耳朵来听这种于己有利的说法。这大概是因为撒癔症比过正常的生活还快乐一些罢——说到了这一点，这篇文章也临近终结。

八十年代之初，我是人民大学的学生。有一回被拘到礼堂里听报告，报告人是一位青年道德教育家——我说是被拘去的，是因为我并不想听这个报告，但缺席要记旷课，旷课的次数多了就毕不了业。这位先生的报告总是从恭维听众开始。在清华大学时，他说：这里是清华大学，是全国最高学府呀；在北大则说：这里是有五四传统的呀；在人大则说：这是有革命传统的学校呀。总之，最后总要说，在这里做报告他不胜惶恐。我听到他说不胜惶恐时，禁不住舌头一转，鼻子底下滚出一句顶级的粗话来。顺便说一句，不管到了什么地方，我首先要把当地的骂人话全学会。这是为了防一手，免得别人骂我还不知道，虽然我自己从来不骂人，但对于粗话几乎是个专家。为了那位先生的报告我破例骂了一回，这是因为我不想受他恭维。平心而论，恭维人所在的学校是种礼貌。从人们所在的民族、文化、社会阶层，乃至性别上编造种种不切实际的说法，那才叫作险恶的煽动。因为他的用意是煽动一种癔症的大流行，以便从中渔利。

人家恭维我一句，我就骂起来，这是因为，从内心深处我知道，我也是经不起恭维的。

*载于 1996 年第 8 期《三联生活周刊》杂志。

体验生活

我靠写作为生。有人对我说：像你这样写是不行的啊，你没有生活！起初，我以为他想说我是个死人，感到很气愤。忽而想到，"生活"两字还有另一种用法。有些作家常到边远艰苦的地方去住上一段，这种出行被叫作"体验生活"——从字面上看，好像是死人在诈尸，实际上不是的。这是为了对艰苦的生活有点了解，写出更好的作品，这是很好的做法。人家说的生活，是后面一种用法，不是说我要死，想到了这一点，我又回嗔作喜。我虽在贫困地区插过队，但不认为体验得够了。我还差得很远，还需要进一步的体验。但我总觉得，这叫作"体验艰苦生活"比较好。省略了中间两个字，就隐含着这样的意思：生活就是要经常吃点苦头——有专门从负面理解生活的嫌疑。和我同龄的人都有过忆苦思甜的经历：听忆苦报告、吃忆苦饭，等等。这件事和体验生活不是一回事，但意思有点相近。众所周知，旧社会穷人过着牛马不如的生活,吃糠咽菜——菜不是蔬菜,而是野菜。所谓忆苦饭,就是旧社会穷人饭食的模仿品。

我要说的忆苦饭是在云南插队时吃到的——为了配合某种形势,各队起码要吃一顿忆苦饭,上面就是这样布置的。我当时是个病号,不下大田,在后勤做事,归司务长领导,参加了做这顿饭。当然,我只是下手。真正的大厨是我们的司务长。这位大叔朴直木讷,自从他当司务长,我们队里的伙食就变得糟得很,每顿都吃烂菜叶——因为他说,这些菜太老,不吃就要坏了。菜园子总有点垂垂老矣的菜,吃掉旧的,新的又老了,所以永远也吃不到嫩菜。我以为他炮制忆苦饭肯定很在行,但他还去征求了一下群众意见,问大家在旧社会吃过些啥。有人说,吃过芭蕉树芯,有人说,吃过芋头花、南瓜花。总的来说,都不是什么太难吃的东西,尤其是芋头花,那是一种极好的蔬菜,煮了以后香气扑鼻。我想有人可能吃过些更难吃的东西,但不敢告诉他。说实在的,把饭弄好吃的本领他没有,弄难吃的本领却是有的,再教教就更坏了。就说芭蕉树芯罢,本该剥出中间白色细细一段,但他叫我砍了一棵芭蕉树来,斩碎了整个煮进了锅里。那锅水马上变得黄里透绿,冒起泡来,像锅肥皂水,散发着令人恶心的苦味……

我说过,这顿饭里该有点芋头花。但芋头不大爱开花,所以煮的是芋头秆,而且是刨了芋头剩下的老秆。可能这东西本来就麻,也可能是和芭蕉起了化学反应,总之,这东西下锅后,里面冒出一种很恶劣的麻味。大概你也猜出来了，我们没煮南瓜花，煮的是南瓜藤，这种东西斩碎后是些煮不烂的毛毛虫。最后该搁点糠进去，此时我和司务长起了严重的争执。我认为，稻谷的内膜才叫作糠。这种东西我们有，是喂猪的。至于稻谷的外壳，它不是糠，猪都不吃，只能烧掉。司务长倒不反对我的定义，但他说，反正是忆苦饭，这么讲究干什么，糠还要留着喂猪，所以往锅里倒了一筐碎稻壳。搅匀之后，真不知锅里是什么。做好了这锅东西，司务长高兴地吹起了口哨，但我的心情不大好。说实在的，我这辈子没怕过什么，那回也没有怕，只是心里有点慌。我喂过猪，知道拿这种东西去喂猪，所有的猪都会想要咬死我。猪是这样，人呢？

后来的事情证明我是瞎操心。晚上吃忆苦饭，指导员带队，先唱"天上布满星"，然后开饭。有了这种气氛，同学们见了饭食没有活撕了我，只是有些愣头青对我怒目而视，时不常吼上一句："你丫也吃！"结果我就吃了不少。第一口最难，吃上几口后满嘴都是麻的，也说不上有多难吃。只是那些碎稻壳像刀片一样，很难吞咽，吞多了嘴里就出了血。反正我已经抱定了必死的决心，自然没有闯不过去的关口。但别人却在偷偷地干呕。吃完以后，指导员做了总结，看样子他的情况不大好，所以也没多说。然后大家回去睡觉——但是事情当然还没完。大约是夜里十一点，我觉得肠胃绞痛，起床时，发现同屋几个人都在地上摸鞋。摸来摸去，谁也没有摸到，大家一起赤脚跑了出去，奔向厕所，在北回归线下皎洁的月色下，看到厕所门口排起了长队……

有件事需要说明，有些不文明的人有放野屎的习惯，我们那里的人却没有。这是因为屎有做肥料的价值，不能随便扔掉。但是那一夜不同，因为厕所里没有空位，大量这种宝贵的资源被抛撒在厕所后的小河边。干完这件不登大雅之事，我们本来该回去睡觉，但是走不了几步又想回来，所以我们索性坐在了小桥上，聊着天，挨着蚊子咬，时不常地到草丛里去一趟，直到肚子完全出清。到了第二天，我们队的人脸色都有点绿，下巴有点尖，走路也有点打晃。像这个样子当然不能下地，只好放一天假。这个故事应该有个寓意，我还没想出来。反正我不觉得这是在受教育，只觉得是折腾人——虽然它也是一种生活。总的来说，人要想受罪，实在很容易，在家里也可以拿头往门框上碰。既然痛苦是这样简便易寻，所以似乎用不着特别去体验。

* 载于1996年第13期《三联生活周刊》杂志。

奸近杀

《廊桥遗梦》上演之前，有几位编辑朋友要我去看，看完给他们写点小文章。现在电影都演过去了，我还没去看。这倒不是故作清高，主要是因为围绕着《廊桥遗梦》有种争论，使我觉得很烦，结果连片子都懒得看了。有些人说，这部小说在宣扬婚外恋，应该批判。还有人说，这部小说恰恰是否定婚外恋的，所以不该批判。于是，《廊桥遗梦》就和"婚外恋"焊在一起了。我要是看了这部电影，也要对婚外恋做一评判，这是我所讨厌的事情。对于《廊桥遗梦》，我有如下基本判断：第一，这是编出来的故事，不是真的。第二，就算是真的，也是美国人的事，和我们没有关系。有些同志会说，不管和我们有没有关系，反正这电影我们看了，就要有个道德评判。这就叫我想起了近二十年前的事：当时巴黎歌剧院来北京演《茶花女》，有些观众说：这个茶花女是个妓女啊！男主角也不是什么好东西，玛格丽特和阿芒，两个凑起来，正好是一对卖淫嫖娼人员！要是小仲马在世，听了这种评价，一定要气疯。法国的歌唱家知道了这种评论，也会说：我们到这里演出，真是干了件傻事。演一场歌剧是很累的，唱来唱去，底下看见了什么？卖淫嫖娼人员！从那时到现在，已经过了十几年。我总觉得中国的观众应该有点长进——谁知还是没有长进。

小时候，我有一位小伙伴，见了大公鸡踩蛋，就拣起石头狂追不已，我问他干什么，他说要制止鸡耍流氓。当然，鸡不结婚，搞的全是婚外恋，而且在光天化日之下做事，有伤风化；但鸡毕竟是鸡，它们的行为不足以损害我们——我就是这样劝我的小伙伴。他有另一套说法：虽然它们是鸡，但毕竟是在耍流氓。这位朋友长着鸟形的脸，鼻涕经常流过河，有点缺心眼——当然，不能因为人家缺心眼，就说他讲的话一定不对。不知为什么，傻人道德上的敏感度总是很高，也许这纯属巧合。我们要讨论的问题是：在聪明人的范围之内，道德上的敏感度是高些好，还是低些好。

在道德方面，全然没有灵敏度肯定是不行的，这我也承认。但高到我这位朋友的程度也不行：这会闹到鸡犬不宁。他看到男女接吻就要扔石头，而且扔不准，不知道会打到谁，因此在电影院里成为一种公害。他把石头往银幕上扔，对看电影的人很有点威胁。人家知道他有这种毛病，放电影时不让他进；但是石头还会从墙外飞来。你冲出去抓住他，他就发出一阵傻笑。这个例子说明，太古板的人没法欣赏文艺作品，他能干的事只是扰乱别人……

我既不赞成婚外恋，也不赞成卖淫嫖娼，但对这种事情的关切程度总该有个限度，不要闹得和七十年代初抓阶级斗争那样的疯狂。我们国家五千年的文明史，有一条主线，那就是反婚外恋、反通奸，还反对一切男女关系，不管它正当不正当。这是很好的文化传统，但有时也搞得过于疯狂，宋明理学就是例子。理学盛行时，科学不研究、艺术不发展，一门心思都在端正男女关系上，肯定没什么好结果。中国传统的士人，除了有点文化之外，品行和偏僻小山村里二十岁守寡的尖刻老太婆也差不多。我从清朝笔记小说中看到一则纪事，比《廊桥遗梦》短，但也颇有意思。这故事是说，有一位才子，在自己的后花园里散步，走到篱笆边，看到一对蚂蚱在交尾。要是我碰上这种事，连看都不看，因为我小时候见得太多了。但才子很少走出书房，就停下来饶有兴致地观看。忽然从草丛里跳出一个花里胡哨的癞蛤蟆，一口把两个蚂蚱都吃了，才子大惊失色，如梦方醒……这故事到这里就完了。有意思的是作者就此事发了一通感慨，大家可以猜猜他感慨了些什么……

坦白地说，我看书看到这里，掩卷沉思，想要猜出作者要感慨些啥。我在这方面比较鲁钝，什么都没猜出来。但是从《廊桥遗梦》里看到了婚外恋的同志、觉得它应该被批判的同志比我要能，多半会猜到：蚂蚱在搞婚外恋，死了活该。这就和谜底相当接近了。作者的感慨是："奸近杀"啊。由此可以重新解释这个故事：这两只蚂蚱在篱笆底下偷情,是两个堕落分子。而那只黄里透绿、肥硕无比的癞蛤蟆,却是个道德上的义士,看到这桩奸情,就跳过来给它们一点惩戒——把它们吃了。寓意是好的,但有点太过离奇:癞蛤蟆吃蚂蚱,都扯到男女关系上去,未免有点牵强。我总怀疑那只蛤蟆真有这么高尚。它顶多会想:今天真得蜜,一嘴就吃到了两个蚂蚱!至于看到人家交尾,就义愤填膺,扑过去给以惩戒——它不会这么没气量。这是因为,蚂蚱不交尾,就没有小蚂蚱;没有小蚂蚱,癞蛤蟆就会饿死。

* 载于1996年第16期《三联生活周刊》杂志。

苏东坡与东坡肉

我父亲是教逻辑的教授,我哥哥是修逻辑的 Ph.D.,我自己对逻辑学也有兴趣,这种兴趣是从对逻辑学家的兴趣发展来的:本世纪初年,罗素发现了以自己名字命名的悖论,连忙写信告诉弗雷泽,顺便通知弗雷泽,他经营了半生的体系,因为这个悖论的发现有了重大的漏洞。弗雷泽考虑了一番,回信说:我要是知道什么是正确的结论就好了……我觉得这个弗雷泽简直逗死了,他要是有女儿,我一定要娶了做老婆,让他做我的老岳丈。话又说回来,就算弗雷泽有女儿,做我的姥姥一定比做老婆合适得多。这样弗雷泽就不是我的老岳丈,而是我的曾外公啦。我在美国上学时还遇见过一件类似的事:有一回在课堂上,有个胖乎乎的女同学在打瞌睡,忽然被老师叫起来提问。可怜她根本没听,怎么能答得上来。在美国,不但老师可以问学生,学生也可以问老师。万一老师被问住,就说一句:问得好!不回答问题,接着讲课。这位女同学迷迷糊糊，拖着长声说道：This is a good question（问得好）……差点把大家的肚皮笑破。下课后，我打量了她好半天，发现她太胖，又有狐臭，这才打消了不轨之心——弗雷泽就有这么逗。让我们书归正传，另一个有趣的逻辑学家是维特根斯坦，罗素请他来英国，研究一下出书的问题。维特根斯坦没有路费，又不肯朝罗素借。最后罗素买下了维特根斯坦留在剑桥的一些旧家具——我觉得他们俩都很逗。受这种浅薄的幽默感驱使，我学过数理逻辑，开头还有兴趣，后来学到了烦难的东西，就学不进去了。

我对数学也有过兴趣，这种兴趣是从对方程的兴趣发展来的：人们老早就知道二次方程有公式解，但二次以上的方程呢？在十九世纪以前，人们是不知道的。在十七世纪，有个意大利数学家，又是一位教授，他对三次方程的解法有点心得，有天下午，外面下着雨，在教室里，他准备对学生讲讲这些心得。忽听"咯嚓"一声巨响，天上打下来个落地雷，擦着教室落在花园里——青色的电光从狭窄的石窗照进来，映得石墙上一片惨白。教授手捂着心口，对学生们转过身来，说道：先生们，我们触及了上帝的秘密……我读到这个故事时，差点把肠子笑断了。三次方程算个啥，还值得打雷——教授把上帝看成个小心眼了。数学我也学了不少，学来学去没了兴趣，也搁下了。类似的学科还有物理学、化学，初学时兴趣都很大，后来就没兴趣了，现在未必记得多少。

总而言之，我对研究学问这件事和研究学问的人有兴趣，对这门学问本身没什么兴趣；所有的功课我都是这么学的，但我的成绩竟都是五分。只有一门功课例外，那就是计算机编程。我学的时候还要穿纸带，没意思透了。这一门学科里没有名人轶事，除了这门科学的奠基人图林先生是同性恋，败露后自杀了。我既不是同性恋，也不想自杀，所以我对计算机没兴趣，得的全是三分。但我现在时常用得着它，所以还要买书看看，关心一下最新的进展，以免用时抓瞎。这是因为我写文章的软件是自己编的，别人编的软件我既使不惯，也信不过，就这么点原因。但就因为这点小原因，我在编程序这件事上，还真正有点修为。由此可见，对研究某种学问这件事感兴趣和对这门学问本身感兴趣可以完全是两回事。

这篇小文章想写我的心路历程，但有一件别人的事情越过了这个历程，我决定也把它写上。"文革"中期，我哥哥去看一位多年不见的高中同学。走进那间房子，我哥哥被惊呆了：这间房子有整整的一面被巨幅的世界地图占满了。这位同学身着蓝布大褂，足蹬布底的黑布鞋，手掂红蓝铅笔，正在屋里踱步，而且对家兄的出现视而不见。据家兄说，这位先生当时梳了个中分头，假如不拿红蓝铅笔，而是挟着把雨伞，就和那张伟大领袖去安源的画一模一样了。我哥哥耐心地等待了一会儿，才小声问道：能不能请教一下……你这是在干嘛呢？他老人家不理我哥哥，又转了两圈，才把手指放到嘴上，说道：嘘。我在考虑世界革命的战略问题。

然后我哥哥就回家来,脸皮乌紫地告诉我此事。然后我们哥俩就捧腹大笑,几乎笑断了肠子……

罗素、弗雷泽研究逻辑,是对逻辑本身感兴趣,要解决逻辑领域的问题;正如毛主席投身革命事业,也是对革命本身感兴趣,要解决中国社会的问题。在解决问题的过程中,这些先辈自然会有些事迹,让人很感兴趣。如果把对问题本身的兴趣抹去,只追求这些事迹,就显得多少有点不对头。所以,真正有出息的人是对名人感兴趣的东西感兴趣,并且在那上面做出成就,而不是仅仅对名人感兴趣。

古时候有位书生,自称是苏东坡的崇拜者。有人问他:你是喜欢苏东坡的诗词呢,还是喜欢他的书法?书生答道:都不是的。我喜欢吃东坡肉……东坡肉炖得很烂,肥而不腻,的确很好吃。但只为东坡肉来崇拜苏东坡,这实在是个太小的理由。

* 载于1996年第20期《三联生活周刊》杂志。

文明与反讽

据说在基督教早期,有位传教士(死后被封为圣徒)被一帮野蛮的异教徒逮住,穿在烤架上用文火烤着,准备拿他做一道菜。该圣徒看到自己身体的下半截被烤得嗞嗞冒泡,上半截还纹丝未动,就说:喂!下面已经烤好了,该翻翻个了。烤肉比厨师还关心烹调过程,听上去很有点讽刺的味道。那些野蛮人也没办他的大不敬罪——这倒不是因为他们宽容。人都在烤着了,还能拿他怎么办。如果用棍子去打、拿鞭子去抽,都是和自己的午餐过不去。烤肉还没断气,一棍子打下去,将来吃起来就是一块淤血疙瘩,很不好吃。这个例子说明的是:只要你不怕做烤肉,就没有什么阻止你说俏皮话。但那些野蛮人听了多半是不笑的:总得有一定程度的文明,才能理解这种幽默——所以,幽默的圣徒就这样被没滋没味的人吃掉了。

本文的主旨不是拿人做烤肉,而是想谈谈反讽——照我看,任何一个文明都该容许反讽的存在，这是一种解毒剂，可以防止人把事情干到没滋没味的程度。谁知动笔一写，竟写出件烧烤活人的事，我也不知道是为什么。让我们进入正题，且说维多利亚女王时期，英国的风气极是假正经，上等人说话都不提到腰以下的部位，连裤子这个字眼都不说，更不要说屁股和大腿。为了免得引起不良的联想，连钢琴腿都用布遮了起来。还有桩怪事，在餐桌上，鸡胸脯不叫鸡胸脯，叫作白肉，鸡大腿不叫鸡大腿，叫作黑肉——不分公鸡母鸡都是这么叫。这么称呼鸡肉，简直是脑子有点毛病。照我看，人若是连鸡的胸脯、大腿都不敢面对，就该去吃块砖头。问题不在于该不该禁欲，而在于这么搞实在是没劲透了。英国人就这么没滋没味地活着，结果是出了件怪事情：就在维多利亚时期，英国出现了一大批匿名出版的地下小说，通通是匪夷所思的色情读物。直到今天，你在美国逛书店，假如看到书架上钉块牌子，上书"维多利亚时期"，架子上放的准不是假正经，而是真色情……

坦白地说，维多利亚时期的地下小说我读了不少——你爱说我什么就说什么好了。我不爱看色情书，但喜欢这种逆潮流而动的事——看了一些就开始觉得没劲。这些小说和时下书摊上署名"黑松林"的下流小册子还是有区别的，可以看出作者都是有文化的人。其中有一些书，还能称得上是种文学现象。有一本还有剑桥文学教授作的序，要是没有品，教授也不会给它写序。我觉得一部分作者是律师或者商人，还有几位是贵族。这是从内容推测出来的。至于书里写到的事，当然是不敢恭维。

看来起初的一些作者还怀有反讽的动机，一面捧腹大笑，一面胡写乱写，搞到后来就开始变得没滋没味，把性都写到了荒诞不经的程度。

所以，问题还不在于该不该写性，而在于不该写得没劲。

过了一个世纪，英国的风气又是一变。无论是机场还是车站，附近都有个书店，布置得怪模怪样，霓虹灯乱闪，写着小孩不准入内，有的进门还要收点钱。就这么一惊一乍的，里面有点啥？还是维多利亚时期的小说以及它们的现代翻写本，这回简直是在犯贫。终于，福尔斯先生朝这种现象开了火。这位大文豪的作品中国人并不陌生，《法国中尉的女人》《石屋藏娇》，国内都有译本。特别是后一本书，假如你读过维多利亚时期的原本，才能觉出逗来。有本维多利亚时期的地下小说，写一个光棍汉绑架了一个小姑娘，经过一段时间，那女孩爱上他了——这个故事被些无聊的家伙翻写来翻写去，翻到彻底没了劲。福尔斯先生的小说也写了这么个故事，只是那姑娘被关在地下室里，先是感冒了，后来得了肺炎，然后就死尸了。当然，福尔斯对女孩没有恶意，他只是在反对犯贫。总而言之，当一种现象（不管是社会现象还是文学现象）开始贫了的时候，就该兜头给它一瓢凉水。要不然它还会贫下去，就如美国人说的，散发出屁眼气味——我是福尔斯先生热烈的拥护者，我总觉得文学的使命就是制止整个社会变得无趣⋯⋯当然，你要说福尔斯是反色情的义士，我也没什么可说的。你有权利把任何有趣的事往无趣处理解。但我总觉得福尔斯要是生活在维多利亚时期，恐怕也不会满足于把鸡腿叫作黑肉，他总要闹点事，写地下小说或者还不至于，但可能像王尔德一样，给自己招惹些麻烦。我觉得福尔斯是个反无趣的义士。

假如我是福尔斯那样的人，现在该写点啥？我总禁不住想向《红楼梦》开火。其实我还有更大的题目，但又不想作死——早几年兴文化衫，有人在胸口印了几个字"活着没劲"，觉得自己有了点幽默感，但所有写应景文章的人都要和这个人玩命，说他颓废——反讽别的就算了罢，这回只谈文学。曹雪芹本人不贫，但写各种"后梦"的人可是真够贫的，然后又闹了小一个世纪的红学。我觉得全中国无聊的男人都以为自己是贾宝玉，以为自己不是贾宝玉的，还算不上是个无聊的男人。看来我得把《红楼梦》反着写一下——当然，这本书不会印出来的：刚到主编的手里，他就要把我烤了。罪名是现成的：亵渎文化遗产，民族虚无主义。那位圣徒被烤的故事在我们这里，也不能那样讲，只能改作：该圣徒在烤架上不断高呼"我主基督万岁""圣母玛丽亚万岁""打倒异教徒"，直至被完全烤熟。连这个故事也变得很没劲了。

* 载于1996年第21期《三联生活周刊》杂志。

有关贫穷

国外有位研究发展的学者说：贫穷是一种生活方式——这话很有点意思。他的意思是说，穷人不单是缺钱。你给他钱他也富不起来，他的主要问题是陷到一种穷活法里去了。这话穷人肯定不爱听——我们穷就够倒霉的了，还说这是一种生活方式，这不是拿穷人寻开心又是什么。我本人过够了苦日子，到现在也不富裕，按说该有一个穷人的立场，但我总觉得这话是有道理的。贫穷的确是种生活方式，这种生活方式还有很大的感召力。

我现在住在一楼，窗外平房住了一位退休的大师傅，所以有机会对一种生活方式做一番抵近的观察：这位老先生七十多岁了，是农村出来的，年轻时肯定受过穷，老了以后，这种生活又在他身上复苏了。每天早上五点，他准要起来把全大院的垃圾箱搜个遍，把所有的烂纸拣到他门前——也就是我的窗前。这地方变成了一片垃圾场，飞舞着大量的苍蝇。住在垃圾场里，可算是个标准穷光蛋,而且很不舒服。但这位师傅哪里都不想去,成天依恋着这堆垃圾,拨拉拨拉东,拨拉拨拉西,看样子还真舍不得把这些破烂卖出去。我的屋里气味很坏,但还不全是因为这些垃圾。老师傅还在门前种了些韭菜,把全家人的尿攒起来,经过发酵浇在地里。每回他浇过了韭菜,我就要害结膜炎。二十年前我在农村,有一回走在大路上,前面翻了一辆运氨水的车,熏得我头发都立了起来——从那以后我再没闻到过这么浓烈的臊味。这位老先生拣了一大堆废纸板,不停地往纸板里浇水——纸板吸了水会压秤。但据我所见,这些纸板有一部分很快就变成了霉菌……我倒希望它长点蘑菇,蘑菇的气味好闻些,但它就是不长。我觉得这位师傅没穷到非拣垃圾不可的地步,劝他别拣了,但他就是不听。现在我也不劝了。不但如此,我见了垃圾堆就要多看上一眼——以前我没这种毛病。

我知道旧社会穷人吃糠咽菜,现在这世界上还有不少人吃不上饭、穿不上衣服。没人喜欢挨饿受冻——谁能说饥饿是生活方式呢。但这只是贫穷的一面,另一面则是,贫穷的生活也有丰富的细节,令人神往。就拿我这位邻居来说,这些细节是我们院里的五六十座垃圾箱。他去访问之前,垃圾都在箱里,去过之后,就全到了外面,别人对此很是讨厌,常有人来门前说他,他答之以暧昧的傻笑。另外,他搜集的纸板不全是从垃圾里拣来的。有些是别人放在楼道里的纸箱,人家还要呢,也被他弄了来。物主追到我们这里来说他,他也傻笑上一通。其实他有钱,但他喜欢拣烂纸,因为这种生活比呆着丰富多彩——罗素先生曾说,参差多态乃是幸福的本源。也不知是不是这个意思。回收废旧物资是项利国利民的事业,但这么扒拉着拣恐怕是不对的。拣回来还要往里加水,这肯定是种欺诈行为。我很看不惯,决心要想出一种方法,揭穿这种欺骗。我原是学理科的,马上就想出了一种:用两根金属探针往废纸里一插,用一个摇表测废纸的电阻。如果掺了水,电阻必然要降低,然后就被测了出来。我就这么告诉邻居。他告诉我说,有人这么测来着。但他不怕,掺不了水,就往里面夹砖头。摇表测不出砖头来,就得用 X 光机。废品收购站总不能有医院放射科的设备罢……

  我插队时,队里有位四川同学,外号叫波美,但你敢叫他波美他就和你玩命。他父亲有一项光荣的职业:管理大粪场。每天早上,有些收马桶的人把大粪从城里各处运来,送到他那里,他以一毛钱一担的价格收购,再卖给菜农。这些收马桶的人总往粪里掺水——这位大叔憎恶这种行径,像我一样,想出了检验的办法,用波美比重计测大粪的比重。你可能没见过这种仪器:它是一根玻璃浮子,下端盛有铅粒,外面有刻度,放进被测液体,刻度所示为比重。我想他老人家一定做过不少试验,把比重计放进各种各样的屎,才测出了标准大粪的比重。但是这一招一点都不管用:人家先往粪里掺水,再往粪里掺土,掺假的大粪比重一点都不低了。

结果是他老人家贻人以笑柄,还连累了这位四川同学。大概你也猜出来了,波美就是波美比重计之简称,这外号暗示他成天泡在大粪里,也难怪他听了要急。话虽如此说,波美和他的外号曾给插友们带来了很多乐趣。

如果说贫穷是种生活方式,拣垃圾和挑大粪只是这种方式的契机。生活方式像一个曲折漫长的故事,或者像一座使人迷失的迷宫。很不幸的是,任何一种负面的生活都能产生很多烂七八糟的细节,使它变得蛮有趣的。人就在这种趣味中沉沦下去,从根本上忘记了这种生活需要改进。用文化人类学的观点来看,这些细节加在一起,就叫作"文化"。有人说,任何一种文化都是好的,都必须尊重。就我们谈的这个例子来说,我觉得这解释不对。在萧伯纳的《英国佬的另一个岛》里,有一位年轻人这么说他的穷父亲:"一辈子都在弄他的那片土、那只猪,结果自己也变成了一片土、一只猪。"要是一辈子都这么兴冲冲地弄一堆垃圾、一桶屎,最后自己也会变成一堆垃圾、一桶屎。

所以,我觉得总要想出些办法,别和垃圾、大粪直接打交道才对。

* 载于1996年第23期《三联生活周刊》杂志。

思想和害臊

我年轻时在云南插队,仅仅几十年前,那里还是化外蛮邦,因为这个缘故,除了山清水秀之外,还有民风淳朴的好处。我去的时候,那里的父老乡亲除了种地,还在干着一件吃力的事情:表示自己是有些思想的人。在那个年月里,在会上发言时,先说一句时髦的话语,就是有思想的表示。这件事我们干起来十分轻松,可是老乡们干起来就难了。比方说,我们的班长想对大田里的工作发表意见——这对他来说本没有什么困难,他是个老庄稼人嘛——他的发言要从一句时髦话语开始,这句话可把他难死了。从他嚅动的嘴唇看来,似要说句"斗私批修"这样的短语,不怎么难说嘛——但这是对我而言,对他可不是这样。只见他老脸涨得通红,不住地期期艾艾,豆大的汗珠滚滚而下,但最后还是没把这句话憋出来,说出来的是:鸡巴哩,地可不是这么一种尿种法嘛!听了这样的妙语,我们赶紧站起来,给他热烈鼓掌。我喜欢朴实的人，觉得他这样说话就可以。但他对自己有更高的要求，总要使自己说话有思想。

据说，旧时波兰的农妇在大路上相遇，第一句话总说：圣母玛丽亚是可赞美的！外乡人听了摸不着头脑，就说：是呀，她是可以赞美，你就赞美罢。这就没有理解对方的意思。对方不是想要赞美圣母，而是要表示自己有思想。我们那时说话前先来一句"最高指示"，也是这个意思。在《红楼梦》里，林黛玉和史湘云在花园里联句，忽然冒出些颂圣的诗句。作者大概以为，林史虽是闺阁中人，说话也总要有思想才对。至于我们的班长，也是这样想的，只是没有林妹妹那样伶牙俐齿。也不知为什么，时髦话语使他异常害臊，拼了命也讲不出口；讲出的总是些带×的话。这就使全体男知青爱上了他。每次他在大会上发言之前，我们都屏息静等，等到他一讲出话来就鼓掌欢呼，这使他的毛病越来越重了。

有一次，我们队和别的队赛篮球，我们的球队由他带领——说来你可能不信，我们班长会打篮球。球艺虽然不高，但常使对方带伤，有时是胸腔积血，有时是睾丸血肿；他可是个了不起的中锋，我们队就指着他的勇悍赢球——两支队伍立在篮球场上。对方的队长念了一段毛主席语录，轮到他时，他居然顺顺当当讲出话来，也不带×，这使我们这些想鼓掌的人很是失望。谁知他被当裁判的指导员恶狠狠地吹了一哨，还训斥他道：最高指示是最高指示，革命口号是革命口号，不可以乱讲！然后他就被换下场来，脸色铁青坐在边上。原来他说了一句：最高指示，毛主席万岁！指导员觉得他讲得不对。最高指示是毛主席的话，他老人家没有说过自己万岁。所以这话是不对。但我总觉得不该和质朴的人叫真，有思想就行了嘛。自从被吹了一哨，我们班长就不敢说话了，带×不带×的话都不敢说，几乎成了哑巴……

当年那些时髦话语都表达了一个意思，那就是对权力的忠顺态度——这算不上什么秘密，那个年月提倡的就是忠字当头。但是同样的话，有人讲起来觉得害臊，有人讲起来却不觉得害臊，这就有点深奥。害臊的人不见得不忠、不顺，就以我们班长而论，他其实是个最忠最顺的人，但这种忠顺是他内心深处的感情，实际上是一种阴性的态度，不光是忠顺，还有爱，所以不乐意很直露地不惧肉麻地当众披露。我们班长的忠顺表现在他乐意干活，把地种好；但让他在大庭广众中说这些话，就是强人所难。用爱情来打比方，有些男性喜欢用行动来表示爱情，不喜欢把"我爱你"挂在嘴上。我们班长就是这么一种情况。另外有些人没有这种感觉，讲起这些话来不觉得肉麻；但是他们内心的忠顺程度倒不见得更大——正如有些花花公子满嘴都是"我爱你"，真爱假爱却很难说。

如前所述，我插队的地方民风淳朴，当地人觉得当众表示自己的雌伏很不好意思；所以"有思想"这种状态，又成了"害臊"的同义语。不光是我们班长这么想，多数人都这么想。这件事有我的亲身经历为证：有一次我在集上买东西，买的是一位傣族老大娘的菠萝蜜。需要说明的是，当地人以为知青都很有钱，同样一件东西，卖给我们要贵三倍，所以我们的买法是趁卖主不注意，扔下合理的价钱，把想买的东西抱走。有人把这种买法叫作偷，但我不这么想——当然，我现在也不这么买东西了。那一天我身上带的钱少了，搁下的钱不怎么够。那位傣族老太太——用当地话来说，叫作蔑巴——就大呼小叫地追了过来，朝我大喝一声：不行啦！思想啦！斗私批修啦……然后趁我腰一软，腿一颤，把该菠萝蜜——又叫作牛肚子果——抢了回去。如你所知，这位蔑巴说这些有思想的话，意思是：你不害臊吗！这些话收到了效果，我到现在想起了这件事，还觉得羞答答的：为吃口牛肚子果，被人说到了思想上去，真是臊死了。

* 载于1996年第24期《三联生活周刊》杂志。

刘罗锅子与雾都孤儿

最近收到了一纸会议通知，上面写着：进入九十年代以来，文艺的消闲娱乐性问题越来越突出，它涉及了三教九流、千家万户，更与道德风化、社会稳定有关，在这方面急需明晰坚定的引导，云云。我还没决定要不要去开这个会，但心里已经犯上了嘀咕。去开这个会罢，我不赞成这样的议题；不去开罢，有些话很想说一说。好在会期还远，可以临时再决定。

有一点必须声明，我是个天性悲观的人。也许就是因为这个，我觉得这张通知的故事没有讲对。进入九十年代以来，出现了一些纯消闲的作品。我自己既不写也不看，但觉得这现象是好的。这说明在艺术这个领域里，已经有了一点宽松。假如写作的目的就是为了取悦于人，现在已经是许可的了，实在很好。这一点宽松虽好，但也就是将够活命的。假如对此加以坚定明晰的理论引导，恐怕就不够活命的了——作为一个作者，我就是这么看。作者就如《雾都孤儿》里的小可怜,手里拿着一个木碗,碗里盛了一点薄粥(这粥就是我们得到的宽容),可怜巴巴地说:先生啊,再添一点!这就是我的故事。我自己不写纯消闲的作品,但我以为,假如连纯消闲的作品都不能容许,整个文学也就不存在,只能剩下一种神学的附庸。近代文学就是从一些消闲文学(《坎特伯雷故事集》《十日谈》)开始的,这并非偶然。恰恰是此类文学,开辟出了神学以外的空间——这么扯就太远了,还是回来讲我的故事罢。

我恐怕上面的故事还太乐观,不大对题,也没有中国特色,于是想起了另一个故事。过去,有一位皇帝的宠臣,叫作刘罗锅子,以能坑人著称。有一天,一位太监见到了刘罗锅子,开玩笑说:老刘,听说你谁都能坑害,我就是不明白,像我们这样在皇上面前当差的人,你还能坑到吗?刘罗锅子说:行,没问题,你等着罢。过了几天,刘和皇帝去后花园。对于太监来说,很不幸的是:有一棵久已枯死的大树又发了新枝。皇上问刘罗锅:爱卿,你看这是何征兆?刘罗锅子这杀千刀的说:皇上,死树都发了新枝啦,您那三宫六院里,佳丽如云,能放心吗?皇上大悟道:对呀!于是传旨下去,所有的太监一律再挨一刀。这故事的主旨是:已经是太监了,对于后宫的道德风化、社会稳定本无影响,怎么又要挨一刀?有点没来由。我觉得它还是不贴切,因为我看不出谁是刘罗锅子。所以需要对它再更改如下:

有一天，皇上在后花园里，看到一棵老树发了新枝，并未注意。有一位觉悟高的太监踊跃上前，说道：启奏万岁，死树发新枝，此乃不祥之兆——我们坚决要求再挨一刀！皇上答道：好罢，我批准了，去买几把劁猪的刀子，自己动手罢。这故事现在是彻底对头了。当然，这种自我牺牲的精神倒是可佩，但也不该自找着挨刀。整个故事唯一使我欣慰的是：因为是悲观分子，我肯定不会是那个自找着挨刀的太监。

笔者行文至此，自觉得不够妥当：人家好心请你开会，还落了你的埋怨。在此需要补充说：本文的感慨，主要还是对着一种历史悠久的文化现象而发。古人云，饮食男女，人之大欲存焉。这话好损啊，还"存焉"呐！这么刻薄干嘛。古人又云，存天理以灭人欲；又注道：要吃饭是天理，要美食是人欲。这话也够歹毒的。我还想问问，吃饭时就两根咸菜，算不算人欲？古人又云：寡妇饿死事极小，失节事极大。好恶毒啊！寡妇招你了吗？说这话的全是文化人，所以，文化人是有毛病的。我痛恨乱害人的人，更恨自己害自己的事。所以，我决不做中国的圣贤，而宁愿去做雾都孤儿，手捧着木碗，一遍又一遍地说：先生啊，再给一点罢。最后顺便说一句，那个会的会期是下个月七号。假如我真去开了会，才能知道到底要议些啥。

关于格调

最近我出版了一本小说《黄金时代》，有人说它格调不高，引起了我对格调问题的兴趣。各种作品、各种人，尤其是各种事件，既然有高有低，就有了尺度问题。众所周知，一般人都希望自己格调高，但总免不了要干些格调低的事。这就使得格调问题带有了一定的复杂性。

当年有人问孟子，既然男女授受不亲，嫂子掉到水里，要不要伸手去拉。这涉及了一个带根本性的问题，假如"礼"是那么重要，人命就不要了吗？孟子的回答是：用手去拉嫂子是非礼，不去救嫂子则"是豺狼也"，所以只好从权，宁愿非礼而不做豺狼。必须指出，在非礼和豺狼之中做一选择是痛苦的，但这要怪嫂子干嘛要掉进水里。这个答案有不能令人满意的地方，但不是最坏，因为他没有说戴上了手套再去拉嫂子，或者拉过了以后再把手臂剁下来。他也没有回答假如落水的不是嫂子而是别的女人，是不是该去救。但是你不能对孟子说，在生活里，人命是最重要的，犯不着为了些虚礼牺牲它——说了孟夫子准要和你翻脸。另一个例子是舜曾经不通知父亲就结了婚。孟子认为，他们父子关系很坏，假如请示的话，可能一辈子结不了婚；他还扯上了一些不孝有三无后为大的话，结论是舜只好从权了。这个结论同样不能令人满意，因为假如舜的父亲稍稍宽容，许可舜和一个极为恶毒的女人结婚，不知孟子的答案是怎样的。假如让舜这样一位圣贤娶上一个恶毒的妇人，从此在痛苦中生活，我以为不够恰当。倘若你说，在生活里，幸福是最重要的，孟老夫子也肯定要和你翻脸。但不管怎么说，一个理论里只要有了"从权"这种说法，总是有点欠严谨。好在孟子又有些补充说明，听上去更有道理。

有关礼与色孰重的问题，孟子说，礼比色重，正如金比草重。虽然一车草能比一小块金重，但是按我的估计，金子和草的比重大致是一百比一——搞精确是不可能的，因为草和草还不一样。这样我们就有了一个换算关系，可以作为生活的指南，虽然怎么使用还是个问题。不管怎么说，孟子的意思是明白的，生活里有些东西重，有些东西轻。正如我们现在说，有些事格调高，有些事格调低。假如我们重视格调高的东西，轻视格调低的东西，自己的格调就能提升。

作为一个前理科学生，我有些混帐想法，可能会让真正的人文知识分子看了身上长鸡皮疙瘩。对于"礼"和"色"，大致可以有三到四种不同的说法。其一，它们是不同质的东西，没有可比性；其二，礼重色轻，但是它们没有共同的度量；最后是有这种度量，礼比色重若干，或者一单位的礼相当于若干单位的色；以上的分类恰恰就是科学上说的定类（nominal）、定序（ordinal）、定距（interval）和定比（ratio）这四种尺度（定距和定比的区别不太重要）。这四种尺度越靠后的越精密。格调既然有高低之分，显然属于定序以后的尺度。然而，说格调仅仅是定序的尺度还不能令人满意——按定序的尺度，礼比色重，顺序既定，不可更改，舜就该打一辈子光棍。如果再想引入事急从权的说法，那就只能把格调定为更加精密的尺度，以便回答什么时候从权，什么时候不可从权的问题——如果没个尺度，想从权就从权，礼重色轻就成了一句空话。于是，孟子的格调之说应视为定比的尺度，以格调来度量，一份礼大致等于一百份色。假如有一份礼，九十九份色，我们不可从权；遇到了一百零一份色就该从权了。前一种情形是在一百和九十九中选了一百，后者是从一百和一百零一中选了一百零一。在生活中，做出正确的选择，就能使自己的总格调得以提高。

对于作品来说，提升格调也是要紧的事。改革开放之初有部电影，还得过奖的，是个爱情故事。男女主角在热恋之中，不说"我爱你"，而是大喊"I love my motherland!"场景是在庐山上，喊起来地动山摇，格调就很高雅，但是离题太远。国外的电影拍到这类情节，必然是男女主角拥抱热吻一番，这样格调虽低，但比较切题。就爱情电影而言，显然有两种表达方式，一种格调高雅，但是晦涩难解，另一种较为直接，但是格调低下。按照前一种方式，逻辑是这样的：当男主角立于庐山之上对着女主角时，心中有各种感情：爱祖国、爱人民、爱领袖、爱父母，等等。最后，并非完全不重要，他也爱女主角。而这最后一点，他正急于使女主角知道。但是经过权重，前面那些爱变得很重，必须首先表达之，爱她这件事就很难提到。而女主角的格调也很高雅，她知道提到爱祖国、爱人民等等，正是说到爱她的前奏，所以她耐心地等待着。我记得电影里没有演到说出"I love you"，按照这种节奏，拍上十几个钟头就可以演到。改革开放之初没有几十本的连续剧，所以真正的爱情场面很难看到。外国人在这方面缺少训练，所以对这部影片的评价是：虽然女主角很迷人，但不知拍了些啥。

按照后一种方式，男主角在女主角面前时，心里也爱祖国、爱上帝，等等。但是此时此地，他觉得爱女主角最为急迫，于是说，我爱你，并且开始带有性爱意味的身体接触。不言而喻，这种格调甚为低下。这两种方式的区别只在于有无经过格调方面的加权运算，这种运算本身就极复杂，导致的行为就更加复杂。后一种方式没有这个步骤，显得特别简捷，用现时流行的一个名词，就是较为"直露"。这两种方式的区别在于前者以爱对方为契机，把祖国人民等等一一爱到，得到了最高的总格调。而后者径直去爱对方，故而损失很大，只得到了最低的总格调。

说到了作品，大家都知道，提升格调要受到某种制约。"文革"里有一类作品只顾提升格调，结果产生了高大全的人物和高大全的故事，使人望之生厌。因为这个缘故，领导上也说，要做到政治性与艺术性的统一——作品里假如只有格调，就不成个东西。这就是说，格调不是评价作品唯一的尺度。由此就产生了一个问题，另外那种东西和格调是个什么关系？这个问题孟子肯定会这么回答：艺术与格调，犹色与礼也。作品里的艺术性，或则按事急从权的原则，最低限度地出现；或则按得到最高格调的原则，合理地搭配。比如说，径直去写男女之爱，得分为一，搭配成革命的爱情故事，就可以得到一百零一分。不管怎么说，最后总要得到高大全。

我反对把一切统一到格调上，这是因为它会把整个生活变成一种得分游戏。一个得分游戏不管多么引人入胜，总不能包容全部生活，包容艺术，何况它根本就没什么意思。假如我要写什么，我就根本不管它格调不格调；正如谈恋爱时我决不从爱祖国谈起。

现在可以谈谈为什么别人说我的作品格调低——这是因为其中写到了性。因为书中人物不是按顺序干完了格调高的事才来干这件格调低的事，所以它得分就不高。好在评论界没有按礼与色一百比一的比例来算它的格调，所以在真正的文学圈子里对它的评价不低，在海外还得过奖。假如说，这些人数学不好，不会算格调，我是不能承认的。不说别人，我自己的数学相当好，任何一种格调公式我都能掌握。我写这些作品是有所追求的，但这些追求在格调之外。除此之外，我还怀疑，人得到太多的格调分，除了使别人诧异之外，没有实际的用处。

坦白地说，我对色情文学的历史有一点了解。任何年代都有些不争气的家伙写些丫丫乌的黄色东西，但是真正有分量的色情文学都是出在"格调最高"的时代。这是因为食色性也，只要还没把小命根一刀割掉，格调不可能完全高。比方说，英国维多利亚时期出了一大批色情小说，作者可以说有相当的文学素质；再比方说，"文化革命"里流传的手抄小说，作者的素质在当时也算不错。要使一个社会中一流的作者去写色情文学，必须有极严酷的社会环境和最不正常的性心理。在这种情况下，色情文学是对假正经的反击。我认为目前自己尚写不出真正的色情文学，也许是因为对环境感觉鲁钝。前些时候我国的一位知名作者写了《废都》，我还没有看。有人说它是色情文学，但愿它不是的，否则就有说明意义了。

维多利亚时期的英国人和"文革"时的中国人一样，性心理都不正常。正常的性心理是把性当作生活中一件重要的事，但不是全部。不正常则要么不承认有这么回事，要么除此什么都不想。假如一个社会的性心理不正常，那就会两样全占。这是因为这个社会里有这样一种格调，使一部分人不肯提到此事，另一部分人则事急从权，总而言之，没有一个人有平常心。作为作者，我知道怎么把作品写得格调极高，但是不肯写。对于一件愚蠢的事，你只能唱唱反调。

* 载于 1995 年第 4 期《中国青年研究》杂志。

关于崇高

七十年代发生了这样一回事：河里发大水，冲走了公家的一根电线杆。有位知青下水去追，电杆没捞上来，人却淹死了。这位知青受到表彰，成了革命烈士。这件事在知青中间引起了一点小小的困惑：我们的一条命，到底抵不抵得上一根木头？结果是困惑的人惨遭批判，不瞒你说，我本人就是困惑者之一，所以对这件事记忆犹新。照我看来，我们吃了很多年的饭才长到这么大，价值肯定比一根木头高；拿我们去换木头是不值的。但人家告诉我说：国家财产是大义之所在，见到它被水冲走，连想都不要想，就要下水去捞。不要说是木头，就是根稻草，也得跳下水。他们还说，我这种值不值的论调是种落后言论——幸好还没有说我反动。

实际上，我在年轻时是个标准的愣头青，水性也好。见到大水冲走了木头，第一个跳下水的准是我，假如水势太大，我也可能被淹死，成为烈士；因为我毕竟还不是鸭子。这就是说，我并不缺少崇高的气质，我只是不会唱那些高调。时隔二十多年，我也读了一些书，从书本知识和亲身经历之中，我得到了这样一种结论：自打孔孟到如今，我们这个社会里只有两种人。一种编写生活的脚本，另一种去演出这些脚本。前一种人是古代的圣贤，七十年代的政工干部；后一种包括古代的老百姓和近代的知青。所谓上智下愚、劳心者治人劳力者治于人，就是这个意思罢。从气质来说，我只适合当演员，不适合当编剧，但是看到脚本编得太坏时，总禁不住要多上几句嘴，就被当落后分子来看待。这么多年了，我也习惯了。

在一个文明社会里，个人总要做出一些牺牲——牺牲"自我"，成就"超我"——这些牺牲就是崇高的行为。我从不拒绝演出这样的戏，但总希望剧情合理一些——我觉得这样的要求并不过分。举例来说，洪水冲走国家财产，我们年轻人有抢救之责，这是没有疑问的；但总要问问捞些什么。捞木头尚称合理，捞稻草就太过分。这种言论是对崇高唱了反调。现在的人会同意，这罪不在我；剧本编得实在差劲。由此就可以推导出：崇高并不总是对的；低下的一方有时也会有些道理。实际上，就是唱高调的人见了一根稻草被冲走，也不会跳下水，但不妨碍他继续这么说下去。事实上，有些崇高是人所共知的虚伪，这种东西比堕落还要坏。

人有权拒绝一种虚伪的崇高，正如他有权拒绝下水去捞一根稻草。假如这是对的，就对营造或提倡社会伦理的人提出了更高的要求：不能只顾浪漫煽情，要留有余地；换言之，不能够只讲崇高，不讲道理。举例来说，孟子发明了一种伦理学，说亲亲敬长是人的良知良能，孝敬父母、忠君爱国是人间的大义。所以，臣民向君父奉献一切，就是崇高之所在。孟子的文章写得很煽情，让我自愧不如，他老人家要是肯去作诗，就是中国的拜伦；只可惜不讲道理：臣民奉献了一切之后，靠什么活着？再比方说，在七十年代，人们说，大公无私就是崇高之所在。为公前进一步死，强过了为私后退半步生。这是不讲道理的：我们都死了，谁来干活呢？在煽情的伦理流行之时，人所共知的虚伪无所不在；因为照那些高调去生活，不是累死就是饿死——高调加虚伪才能构成一种可行的生活方式。从历史上我们知道，宋明理学是一种高调。理学越兴盛，人也越虚伪。从亲身经历中我们知道，七十年代的调门最高。知青为了上大学、回城，什么事都干出来了。有种虚伪是不该受谴责的，因为这是为了能活着。现在又有人在提倡追逐崇高，我不知道是在提倡理性，还是一味煽情。假如是后者，那就是犯了老毛病。

  与此相反，在英国倒是出现了一种一点都不煽情的伦理学。让我们先把这相反的事情说上一说——罗素先生这样评价功利主义的伦理学家：这些人的理论虽然显得卑下，但却关心同胞们的福利，所以他们本人的品格是无可挑剔的。然后再让我们反过来说——我们这里的伦理学家既然提倡相反的伦理,评价也该是相反的。他们的理论虽然崇高,但却无视多数人的利益;这种偏执还得到官方的奖励,在七十年代,高调唱得好,就能升官——他们本人的品行如何,也就不好说了。我总觉得有煽情气质的人唱高调是浪费自己的才能:应该试试去写诗——照我看,七十年代的政工干部都有诗人的气质——把营造社会伦理的工作让给那些善讲道理的人;于公于私,这都不是坏事。

* 载于 1996 年第 4 期《中国青年研究》杂志。

卡拉 OK 和驴鸣镇

有一次，愁容骑士堂·吉诃德和他忠实的侍从桑乔·潘萨走在路上，遇到一伙手持刀杖去打冤家的乡下人。这位高尚的骑士问乡下人为什么要厮杀，听到了这么一个故事：在一个镇子上，住了两个朋友。有一天，其中一位走失了一条驴子，就找朋友帮忙。他们进山去找——那位帮忙的朋友说：山这么大，怎么找呢。我有一样不登大雅之堂的雕虫小技，假如你也会一点，事情就好办了。失驴的朋友说：这是怎样的技巧呢？那位帮忙者说，他会学驴叫。假如失驴者也会，大家就可以分头学着驴叫在山上巡游，那迷途的驴子听到同类的呼唤，肯定会走出来和他们会合。那失驴者答道：好计策！至于学驴叫，我岂止是会一点，简直是很精通啊！让我们依计而行罢。于是，两位朋友分头走进了山间小道，整个荒山上响起了阵阵驴鸣……

我住的这座楼隔音很坏，住户中有不少人买了卡拉 OK 机器，从早唱到晚。黑更半夜,我躺在床上听到OK之声,一面把脑袋往被窝里扎,一面就想起了这个故事——且听我把故事讲完:这两位朋友分头去寻驴,在林子深处相会了。失驴的朋友说:怎么,竟是你吗!我是不轻易恭维人的,但我要说,仅从声音上判断,你和一头驴子是没有任何区别的……那帮忙者答道:朋友,同样的话我正要用来说你!你的声音很洪亮,音度很坚强,节奏很准确。在我的长项上,我从不佩服任何人的,但我对你要五体投地,俯首称臣了!——这也正是笔者的感触。你可以去查七八年人民大学新生的体检记录,我的肺活量在两千人里排第一,可以长嚎一分钟不换气,引得全校的人都想掐死我;但总想在半夜敲邻居的门,告诉他,在嚎叫方面我对他已是五体投地——现在言归正传,那失驴者听到赞誉之后说:以前,我以为自己是个一无所长的人。现在听了你的赞誉,再不敢妄自菲薄,我也是有一技之长的人了……后来,这两位朋友又去寻驴,每次都把对方当成驴,聚在了一起。最后,总算是找到了,这可怜的畜生被狼吃得只剩些残余。那帮忙的朋友说:我说它怎么不答应!就算它死了,只要是完整的,听了你的召唤,也一定会起来回答。而那失驴的朋友却说:虽然失了驴,但也发现了自己的才能,我很开心!于是,这两个朋友下山去,把这故事告诉路人;不想给本镇招来了"驴鸣镇"的恶名——隐含的意思就是镇上全是驴。故事开始时见到的那伙人,就是因为被人称为驴鸣镇人,而去拼命。如前所述,我觉得自己住在驴鸣楼里，但不想为此和人拼命。

我总想提醒大家一句，人在歌唱时听不到自己的声音。在卡拉OK时，面对五彩画面觉得挺美时，也许发出的全不类人声。茶余酒后，想过把歌星瘾时，也可以唱唱。但干这种勾当，最好在歌厅酒楼等吵不着人的地方；就是嗓子好，也请把嗓门放低些，留点余地——别给餐厅留下"驴鸣餐厅"的恶名。

* 载于1996年第5期《演艺圈》杂志。

有关"上帝被打了"

十一月十四日,山东卫视播了一则报道,题目叫作"上帝被打了"。我觉得基督徒见了这个题目准要吓得跳起来,以为魔鬼撒旦翻天了,竟然敢向全能的主伸手。其实不是这样,是说济南有家酒楼雇了一帮保安,经常无端把客人拘押起来,严刑拷打。这个节目我没有从头看,打开电视就见到一位医学院的教授对着镜头说,他被人打了六个多钟头,骨头断了好几根。然后就是一段真正"少儿不宜"的镜头,演这位教授的背部和臀部,几乎完全是紫的,到处是淤伤,比故事片里演到受刑后的场面刺激了百倍。然后又出现了一位市政府的科长,其状更为悲惨。再以后是两位商人,也被打得很惨。听说还有一位菲律宾华侨商人,挨打后连夜逃回老家去了。这几位受害者全是老实的中年人,不但惨遭棍棒、高压电枪的殴打、电击,有一位还被保安捅了一刀。保安身上居然有流氓身上才有的冷兵器,他们是伙什么人也就明白了。我以为,那家酒楼的保安是一个流氓团伙，或者是一群黑社会歹徒。那些受害者——教授、机关干部，还有本分商人，落到他们手里，也叫倒了霉。那家酒楼雇流氓当保安，经理自然难辞其咎，或者有失察之过，或者本身就有问题。总而言之，我觉得这件事情的性质是清楚的。但那个报道里倒有不少让人看不懂的事。

首先，电视记者义正辞严，说这是一件严重侵犯消费者权益的事件，我听了觉得着实有点怪。继而操起心来：难道还让工商局来办这个案子？工商干部去办这种案子，搞不好也会被打在里面。好在报道中还说，济南警方正在侦察此案，暴徒可望得到严惩。这是令人欣慰的。这个节目最古怪之处在于，到临结尾时，冒出一个商场的经理来；他和一位受害者有某种牵强附会的联系，被邀出镜，在那里讲了一通商业道德，令人啼笑皆非：说消费者花钱消费，服务态度要好等等。很显然，严刑拷打不是一种服务态度啊。我不信哪个商场的经理有这么糊涂，连歹徒的暴行和服务态度都分不清楚。倘若真有这种经理，进商场倒要小心了。正因为这种道理叫人难以相信，我总疑他受了电视台工作人员的提调。很显然，电视台正在"配合"什么。小心地把节目看到结尾，果然看出门道来：出现了一个"提法"——市场经济是法制经济，要依法来办事。诚然，这个提法是好的：酒楼要守法经营，就不能刑讯客人。但我恐怕"法制经济"的正解不是这样一种讲法。

对于这件事，我有另一套想法。在现代社会里，人在任何时间、任何地点,都不该遭到非刑拷打——这是人权啊。谁要是动手折磨别人,显然是歹徒、恶棍一类。现在有一帮这种歹徒把一家酒楼变成了人间魔窟,必须把这个魔窟和这些人赶紧铲除掉,这才和我们社会应有的文明程度相符。我的题目也不叫"上帝挨打了",要叫"好人挨打了",因为人都被打成这个样子,再提他那点可怜的消费者权益,未免肉麻。当然,像我这样做节目,准要被毙掉,因为没配合上应有的"提法"。但我依然觉得自己是对的:除了"提法",我们这个社会的道德水平、文明程度等等,就不值得关心吗?

说到"提法",根据我的经验,在一般情况下都是好的。所以我很欢迎"提法",觉得它越多越好。很不幸的是,一些最基本最必要的提法至今还没有,这是令人无法欣慰的。但令人欣慰的是,大多数人是善良的,没有这种提法,就拿另一种来将就,总归是要伸张正义。我以为山东卫视的工作人员就是这样一些善良的人,鉴于本文可能会给人以否定他们努力的印象,笔者要特地说明,这绝不是我的本意,并在文章结束时,向他们致敬。顺便说一句,笔者把脑子现存的提法想了一个遍,还没想出更切题的,所以还要对他们表示佩服。

愚人节有感

我写这篇文章时,正逢四月一日,哪天登出来我就不知道了。这一天西方的报刊总会登出些骇人听闻的新闻,比方说几年前,英国一家有名的科学刊物登出一则消息说:英国科学家把牛的基因和西红柿的基因融合在一起,培育出一种牛西红柿。这种西红柿吃起来当然是番茄牛腩的味道。西红柿的皮扒下来可以做鞋子,有些母的西红柿会滴下白色的液体,可以当牛奶来喝,也可以做乳酪。午夜时分从西红柿地边上经过,可以听见阵阵牛鸣,好像是闹鬼一般。咱们国家的一些报纸转载了这条消息,还敦促我国的生物学家一定要迎头赶上——但他们好像还没赶上,因为市面上没有卖西红柿皮鞋的。这是好几年前的事了,可能还有人记得。今天英国报纸上有一则古怪新闻,说要割让他们的北爱尔兰来换我们的香港,这居心何其毒也——谁不知道北爱尔兰是老大一堆的麻烦。早上我打开电子信箱,发现有一老友发来《妖魔化中国》一书的摘要和背景材料，要我写篇评论文章，登时把我气得脸青——这种娄子我捅过了一次还不够么？想要害死我也不是这么种害法嘛！后来看看日历，火又消了。今天是愚人节呀。

虽然今天是愚人节，我也不敢再妄评新书了。说本老书罢。我看过的第一本"字书"是《吹牛大王历险记》。说老实话，这书还不能算完全的字书，因为有一半是字，另一半是画。其中有些故事很适合在今天讲：吹牛大王在森林里打猎，遇上一头鹿，可叹的是手边没有子弹，只好把樱桃核发射出去，打在鹿额头上，鹿跑了。过几天在森林里遇到该鹿，它头上长出了一棵樱桃树。大王一枪把它放倒，饱餐了一顿烤鹿肉加一顿鲜樱桃。假如这是真的，很有必要给每个人头上都打进一颗樱桃核——出门就不用带阳伞了。另一个故事更加神妙：吹牛大王在森林里遇上了一只美丽的狐狸，就是用最小号的枪弹去打，也难免会伤损皮毛。他射出了一根大针，把狐狸尾巴钉牢在树上，然后折了一根树条，狠揍了狐狸一顿。狐狸吃打不过，只好从它自己的嘴里跳出去跑掉了。吹牛大王得到了一张完美无缺的皮毛——至于那没有皮的狐狸怎样了，故事里没有讲到，我想它应该死于肺炎——没皮的狐狸很容易着凉。但这么一讲又很没意思了。在愚人节里我想到这么一个道理：要编故事，就不妨胡编乱造——愚人节的新闻看起来也蛮有意思。要讲真事就不能胡编乱造：虽然没意思，但是有价值。把两样事混在一起就一定不好：既没有意思，又没有价值。当然，这篇有感正好是把两样事混在一起来讲，所以它既没有意思，也没有价值。

京片子与民族自信心

我生在北京西郊大学区里。长大以后，到美国留学，想要恭维港台来的同学，就说：你国语讲得不坏！他们也很识趣，马上恭维回来：不能和你比呀。北京乃是文化古都，历朝历代人文荟萃，语音也是所有中国话里最高尚的一种，海外华人佩服之至。我曾在美国华文报纸上读到一篇华裔教授的大陆游记，说到他遭服务小姐数落的情形：只听得一串京片子，又急又快，字字清楚，就想起了《老残游记》里大明湖上黑妞说书，不禁目瞪口呆，连人家说什么都没有去想——我们北京人的语音就有如此的魅力。当然，教授愣完了，开始想那些话，就臊得老脸通红。过去，我们北京的某些小姐（尤其是售票员）在粗话的词汇量方面，确实不亚于门头沟的老矿工——这不要紧，语音还是我们高贵。

但是，这已是明日黄花。今天你打开收音机或者电视机，就会听到一串"嗯嗯啊啊"的港台腔调。港台人把国语讲成这样也会害臊,大陆的广播员却不知道害臊。有一句鬼话,叫作"那么呢",那么来那么去,显得很低智,但人人都说。我不知这是从哪儿学来的,但觉得该算到港台的帐上。再发展下去,就要学台湾小朋友,说出"好可爱好高兴噢"这样的鬼话。台湾人造的新词新话,和他们的口音有关。国语口音纯正的人学起来很难听。

除了广播员,说话港台化最为厉害的,当数一些女歌星。李敖先生骂老K（国民党）,说他们"手淫台湾,意淫大陆",这个比方太过粗俗,但很有表现力。我们的一些时髦小姐糟蹋自己的语音,肯定是在意淫港币和新台币——这两个地方除了货币,再没什么格外让人动心的东西。港台人说国语,经常一顿一顿,你知道是为什么吗？他们在想这话汉语该怎么说啊。他们英语讲得太多,常把中国话忘了,所以是可以原谅的。我的亲侄子在美国上小学,回来讲汉语就犯这毛病。犯了我就打他屁股,打一下就好。中国的歌星又不讲英文,再犯这种毛病,显得活像是大头傻子。电台请歌星做节目,播音室里该预备几个乒乓球拍子。乒乓球拍子不管用,就用擀面杖。这样一级一级往上升,我估计用不到狼牙棒,就能把这种病治好。治好了广播员,治好了歌星,就可以治其他小姐的病。如今在饭店里,听见鼻腔里哼出一句港味的"先生",我就起鸡皮疙瘩。北京的女孩子,干嘛要用鼻腔来说话！

这篇文章一直在谈语音语调,但语音又不是我真正关心的问题。我关心的是,港台文化正在侵入内地。尤其是那些狗屁不如的电视连续剧，正在电视台上一集集地演着，演得中国人连中国话都说不好了。香港和台湾的确是富裕，但没有文化。咱们这里看上去没啥，但人家还是仰慕的。所谓文化，乃是历朝历代的积累。你把城墙拆了，把四合院扒了，它还在人身上保留着。除了语音，还有别的——就拿笔者来说，不过普普通通一个北方人，稍稍有点急公好义，仗义疏财，有那么一丁点燕赵古风，台湾来的教授见了就说：你们大陆同学，气概了不得……

我在海外的报刊上看到这样一则故事：有个前"国军"上校，和我们打了多年的内战；枪林弹雨都没把他打死。这一方面说明我们的火力还不够厉害，另一方面也说明这个老东西确实有两下子。改革开放之初，他巴巴地从美国跑了回来，在北京的饭店里被小姐骂了一顿，一口气上不来，脑子里崩了血筋，当场毙命。就是这样可怕的故事也挡不住他们回来，他们还觉得被正庄京片子给骂死，也算是死得其所。我认识几位华裔教授，常回大陆，再回到美利坚，说起大陆服务态度之坏，就扼腕叹息道：再也不回去了。隔了半年，又见他打点行装。问起来时，他却说：骂人的京片子也是很好听的呀！他们还说：骂人的小姐虽然粗鲁，人却不坏，既诚实又正直，不会看人下菜碟，专拍有钱人马屁——这倒不是谬奖。八十年代初的北京小姐，就是洛克菲勒冒犯到她，也是照骂不误："别以为有几个臭钱就能在我这儿起腻，惹急了我他妈的拿大嘴巴子贴你！"断断不会见了港客就骨髓发酥非要嫁他不可——除非是领导上交代了任务,要把他争取过来。粗鲁虽然不好,民族自尊心却是好的,小姐遇上起腻者,用大嘴巴子去"贴"他,也算合理;总比用脸去贴好罢。这些事说起来也有十几年了。如今北京多了很多合资饭店,里面的小姐不骂人,这几位教授却不来了。我估计是听说这里满街的鸟语,觉着回来没意思。他们不来也不要紧,但我们总该留点东西,好让别人仰慕啊。

驴和人的新寓言

在一则寓言里,有两个人和一头驴走在路上。这两个人是父子关系,这头驴是他们的财产。这故事很老,想必你已经听过,但都是从人的角度来讲的,现在我把它从驴的角度重新讲过。对于四足动物来说,能在路上走总比被拴在树上要强。何况春日融融,两个人都没有骑在它身上,所以它感到很幸福。我不知道驴子知不知道这样一句古话,叫作"乐极生悲",但这意思它绝不陌生。走着走着,遇到一伙人,嘀咕了几句,儿子就骑到它身上来了。读过这则寓言的人必然知道,他们遇到了一伙农妇,她们说,瞧这两个笨伯,有驴不骑,自己走路。按照人的概念,这伙娘们是在下蛆、使坏。但驴子毫无怨言——它被人骑惯了。

文章写到了这里,我忽然想到要做点自我介绍。我是个半老不老的学究,已经活满了四张,正往五张上活着。我现在是个自由撰稿人,过着清贫的生活。我挣钱不多,和大多数中国人一样,既没有洋房，也没有汽车。我的稿子发在刊物上，只有光秃秃的一个名字，没有一对括号，里面写着美国。基于这些状况，我和那头驴一样知道自己傻，写个文章也本分，决不敢起那种取巧的题目："人眼看驴"，或者"第三只眼睛看中国"。闲话少说，让我们来讲这个故事。驴载着人往前走，又遇到了第二伙人，又嘀咕了几句，儿子就从驴背上下来，换了老头骑着。驴子知道自己傻，所以谁爱骑谁骑，它一句话都不说。

在寓言的原本里，驴子遇到的第二伙人说：瞧这少年人，骑在驴身上趾高气扬，让老父亲在后面跟着。人心不古，世道浇漓，到了何等地步。老年人的屁股硬一些，但对驴来说也没有什么。糟就糟在又遇上了第三伙人，这是一伙少妇，七嘴八舌地说：这个老头太可恨，自己骑驴舒服了，全不顾自己的孩子，让他拿两条腿来撑你们四条腿。从驴的角度来看，这话讲得没道理，什么"你们"？这四条腿都是我的！既然此驴不骑不可，谁骑也不可，两个人商量了一下，干脆就一齐骑上。一只小毛驴，背才是多大的地方。老头骑着脖子，小孩骑着屁股。驴子难免要嘀咕道：我就是傻，你们也不能这么欺负我。你来试试看，这让我怎么走路？

我既是个学究，就要读书。现在的书刊内容丰富，作者名字前面有括号的全是重要文章。有的谈新儒学，有的谈后现代，扯着扯着就扯到了治国之策。当然，这路文章的实质不是和我们商量怎么受治之策，而是和别人商量怎么治我们，这就和驴耳朵里听见人嘀咕一样，虽然听不懂，但准知道没好事。当年苏联解体，有美国人乘飞机跑到俄国去，出个主意要大伙休克——他自己当然不休克。再早些时候，红色高棉打了天下，中国就有人给他们出主意，那就不止是要人家休克。总而言之，我看到带括号的文章，满脊梁都是鸡皮疙瘩，联想到那寓言的最后一幕。

这头驴又遇到了最后一伙人，这些人对骑驴者说：两人骑一头驴，你们想吃驴肉吗？从驴的角度来看，挨杀被吃肉倒也好了。骑在驴背上的人跳下驴背，一个揪耳朵，一个扯尾巴，把它四条腿捆在一起，穿过一根大杠子，倒扛起来，摇摇晃晃地上了路。那驴头在下，脚在上，它又不是蝙蝠，怎能呆得惯。何况它四个蹄子痛入骨髓，所以大叫起来，但编寓言的人不肯翻译一下它喊些什么。我这篇文章要替驴说话，所以当翻译义不容辞——它喊的是：我得罪谁了，你们这么捏咕我！苏联境内的休克者，高棉境内的冤魂也都这么嚷着。编寓言的人还编出一个寓意，是："走自己的路，让别人去说。"考虑到驴的惨状，真不知是何心肝。我的寓意却是："闭上你的臭嘴，让别人走路。"当然，还有个寓意也说得通：别当驴受人捏咕，要当捏咕驴的人——就算损人不利己，起码也赚了个开心。但这种寓意只适于狠毒的人。

承认的勇气

我很少看电视。有一天偶然打开电视,想看看有没有球赛,谁知里面在演连续剧《年轮》,一对知青正在恋爱——此时想关上也不可能,因为我老婆在旁边,她就喜欢看人恋爱——当时是黑更半夜,一男一女在旷野中,四野无人,只见姑娘忽然惨呼一声,"我是可以教育好的子女",投入情郎的怀抱。这个场面有点历史的真实性,但我还是觉得,这女孩子讲的话太过古怪了。既然是"子女",又堪教育,我倒想问问,你今年几岁了。坦白地说,假如我是这位情郎,就要打"吹"的主意。同情归同情,我可不喜欢和糊涂人搞在一起。该剧的作者会为这位当年的姑娘辩护道:什么事情都要放到一定的历史背景下看,当年上面的精神说她是个子女,她就是个子女。这话虽然有道理,但不对我的胃口。我更希望听到这样的解释:这女孩本是个聪明人,只可惜当时正在犯傻;但是这样的解释是很少能听到的。知青文学的作者们总是这样来解释当年的事：这是时代使然，历史使然；好像出了这样的洋相，自己就没有责任了。

我和同龄人一样，有过各种遭遇。有一阵子，我是黑五类（现在这名字是指黑芝麻、黑米，当时是指人），后来则被发现需要再教育，就被置于广阔天地之中去滚一身泥巴炼一颗红心。再后来回到城里，成了工人阶级，本来可以领导一切，但没发现领导了谁。再以后千辛万苦考上了大学，忽而慨然想到：现在总算是个臭老九了——以后的变化还多，就不一一列举。总而言之，人生在世，常常会落到一些"说法"之中。有些说法是不正确的，落到你的头上，你又拿它当了真，时过境迁之后，应该怎样看待自己，就是个严肃的问题。这件事让中国人一说太过复杂（我就是中国人，所以讲得这样复杂），美国人说起来简单：这不就是当了回傻×吗？

傻×（asshole）这个词，多数美国人是给自己预备的。比方说，感觉自己遭人愚弄时，就会说：我觉得自己当了傻×（I feel like an asshole）！心情不好时更会说：我正捉摸我是哪一种傻×。自己遭人愚弄，就坦然承认，那个×说来虽然不雅，但我总觉得这种达观的态度值得学习。相比之下，国人总不肯承认自己傻过，仿佛这样就能使自己显得聪明；除此之外，还要以审美的态度看待自己过去的丑态。像这种傻法，简直连×都不配做了。

本文的目的是想谈谈我的心路历程。像这样说美国人的好话，有民族虚无主义之嫌，会使该历程的价值大减。其实我想要说的是，承认自己傻过，这是一种美德，而且这种美德并不是洋人教给我的。年轻时我没有这种美德，总觉得自己很聪明，而且永远很聪明，既不会一时糊涂，也不会受愚弄。就算身处逆境，也要高声吟道：天生我材必有用——也不怕风大闪了舌头。忽一日，到工厂里学徒，拜刘二为师，学模具钳工，顺便学会了这种美德。这种美德出于中国哲人的传授，又会使它价值大增。这位哲人长了一双牛一样的眼睛，胡子拉碴，穿着不大干净。我第一次见到他，就听见他在班组里高谈阔论道：我是傻×。对这个论断，刘师傅证明如下：师傅加师母，再加两位世兄，全靠师傅的工资养活，这工资是三十五块五，很不够用，想不出路子搞钱，所以他是傻×。假如你相信是你自己，而不是别人，该为家庭负责，就会相信这个结论。同理，脑袋扛在肩上，是自己的，也该为它负责，假如自己表现得很傻，就该承认。假如这世上有人愚弄了我，我更是心服口服：既然你能耍了我，那就没什么说的——我是傻×。人生在世有如棋局，输一着就是当了回傻×，懂得这个才叫会下棋。假如我办了什么傻事被你撞见了，你叫我傻×，我是不会介意的。但我不会说别人是傻×，更不会建议别人也说自己是傻×，我知道这是个忌讳。

我现在有了一种二十岁时没有的智慧。现在我心闲气定地坐在电脑面前写着文章，不会遭到任何人的愚弄，这种状态比年轻时强了很多。当时我被人塞了一脑子的教条，情绪又受到猛烈的煽动，只会干傻事，一件聪明事都办不出来。有了前后两种参照，就能大体上知道什么是对的。这就是我的智慧：有这种智慧也不配叫作智者，顶多叫个成年人。很不幸的是，好多同年人连这种智慧都没有，这就错过了在我们那个年代里能学会的唯一的智慧——知道自己受了愚弄。

有关"伟大一族"

有位老同学从美国回来探家。我们俩有七八年没见了。他的情况还不错:虽然薪水不很多,但两口子都挣钱,所以还算宽裕。自从美国一别,他的房子买到了第三所,汽车换到了第四辆,至于 PC 机,只要听说新出来一种更快的,他马上就去买一台,手上过了多少就没了数了。老婆还没有换,也没有这种打算,这正是我喜欢他的地方。虽然没坐过罗尔斯·罗伊斯,没住过棕榈海滩的豪华别墅,手里没有巨额股票,倒有一屁股的饥荒,但就像东北人说的,他起码也"造"了个痛快。我现在房无一间地无一垄,当然只有羡慕的份儿。但我们见面不是光聊这些——这就太过庸俗了。

我们哥俩都闯荡过四方,种过地,放过牧,当过工人,二十年前在大学里同窗时,心里都曾燃烧起雄心壮志,要开创伟大的事业。所谓伟大的事业,就是要让自己的梦想成真。那时想了些什么，现在我都不好意思说，只好拿别人做例子。比方说微软公司的大老板比尔·盖茨，年轻时想过要把当时看着不起眼的微处理机做成一种能用的计算机，让人人都能拥有和使用计算机，这样，科学的时代就真正降临人世了——这种梦想的伟大之处就在这里。现在这种梦想在很大程度上变成了真实，他在其中有很大的贡献，这是值得佩服的。至于他在商业上的成功，照我看还不太值得佩服。还有一个例子是：马丁·路德·金曾经高呼"我有一个梦想"，今天在美国的校园里，有时能看到高大英俊的黑人小伙子和白人姑娘拥抱在一起。从这种特别美丽的景象里，可以体会到金博士梦想的伟大。时至今日，我说多了没有意思，脸上也发热。我只能说，像这样的梦想我们也曾有过。

每个人都有自己的梦想，这些梦想不见得都是伟大事业的起点。鲁迅先生的杂文里提到有这样的人：他梦想的最高境界是在雪天，呕上半口血，由丫鬟扶着，懒懒地到院子里去看梅花。我看了以后着实生气：人怎么能想这样的事！同时我还想：假如这位先生不那么考究，不要下雪、梅花、丫鬟搀着等等，光要呕血的话，这件事我倒能帮上忙。那时我是个小伙子，胳臂很有劲儿，拳头也够硬。现在当然不想帮这种忙，过了那个年龄。现在偶尔照照镜子，里面那个人满脸皱纹，我不大认识。走在街上，迎面过来一个庞然大物，仔细从眉眼上辨认，居然是自己当年的梦中情人，于是不免倒吸一口凉气。凉气吸多了就会忘事，所以要赶紧把要说的事说清楚。梦想虽不见得都是伟大事业的起点，但每种伟大的事业必定源于一种梦想——我对这件事很有把握。

现在的青年里有"追星族""上班族"，但想要开创伟大事业的人却没有名目，就叫他们"伟大一族"好了。过去这样的人在校园里（不管是中国校园还是美国校园）是很多的。当盖茨先生穿着一身便装，蓬着一头乱发出现在校园里时，和我们当年一样，属于伟大一族。刚回中国时，我带过的那些学生起码有一半属伟大一族，因为他们眼睛里闪烁着梦想的光芒。谁是、谁不是这一族，我一眼就能看出来，但这一族的人数是越来越少了，将来也许会像恐龙一样灭绝掉。我问我哥们，现在干嘛呢，他说坐在那里给人家操作软件包，气得我吼了起来：咱们这样的人应该做研究工作——谁给他打软件包？但是他说，人家给钱就得了，管它干什么。我一想也对。谁要是给我一年三四万美元让我"打"软件包，我也给他"打"去了。这说明现在连我也不属伟大一族。但在年轻时，我们有过很宏伟的梦想。伟大一族不是空想家，不是只会从众起哄的狂热分子，更不是连事情还没弄清就热血沸腾的青年。他们相信，任何美好的梦想都有可能成真——换言之，不能成真的梦想本身就是不美好的。假如事情没做成，那是做得不得法；假如做成了，却不美好，倒像是一场噩梦，那是因为从开始就想得不对头。不管结局是怎样，这条路总是存在的——必须准备梦想，准备为梦想工作。这种想法对不对,现在我也没有把握。我有把握的只是:确实有这样的一族。

＊载于 1996 年 2 月 21 日《南方周末》。

百姓·洋人·官

小时候，每当得到了一样只能由一人享受的好东西而我们是两个人时，就要做个小游戏来决定谁是幸运者。如你所知，这种把戏叫作"石头、剪子、布"，这三种东西循环相克，你出其中某一样，正好被别人克住，就失败了。这种游戏有个古老的名称，叫作"百姓、洋人、官"，我相信这名称是清末民初流传下来的，当时洋人怕中国的老百姓，中国的官又怕洋人。《官场现形记》写到了不少实例：中国的老百姓人多，和洋人起了争执，就蜂拥而上，先把他臭揍一顿——洋人怕老百姓，是怕吃眼前亏。洋人到了衙门里，开口闭口就是要请本国大使和你皇上说话，中国的官怕得要死——不但怕洋人，连与洋人有来往的中国人都怕，这种中国人多数是信教的，你到了衙门里，只要说一句"小的是在教的"，官老爷就不敢把你当中国百姓看待，而是要当洋人来巴结。书里有个故事，说一位官老爷听说某人"在教"，就去巴结，拿了猪头三牲到人家的庙里上供,结果被打得稀烂撵了出来——原来是搞错了,人家在的不是洋人的天主教,而是清真古教。

小说难免有些夸张,但当时有这种现象,倒是无可怀疑。现在完全不同了。洋人在中国,只要不做坏事,就不用怕老百姓。我住的小区里立有一块牌子,写有文明公约,其中有一条,提醒我见了外国人,要"不卑不亢,以礼相待",人家没有理由怕我。至于我国政府,根本就不怕洋人。在对外交涉中,就是做了些让步,也是合乎道理的。就说保护知识产权罢,盗版软件、盗版VCD,那是偷人家外国的东西;再说市场准入罢,人家外国的市场准你入,你的市场不准人家入,这生意是没法做的。如果说打击国内的盗版商、开放市场就是怕了洋人,肯定是恶意的中伤。还有中国政府在国际事务中的"不出头"政策,这也合乎道理,要出头就要把大把的银子白白交给别人去花,我们舍不得,跟怕洋人没有关系。在这个方面,我完全赞成政府,尤其这最后一条。

既然情况发生了变化,我再说这些似乎是无的放矢——但我的故事还没讲完呢。无论石头、剪子、布,还是百姓、洋人、官,都是循环相克的游戏。这种古老的游戏还有一个环节是老百姓怕官。这种情况现在应该没有了——现在不是封建社会了,老百姓不该怕官。政府机关也要讲道理、依法办事,你对政府部门有什么意见,既可以反映上去,又可以到检察机关去告——理论上是这样的。但中国是个官本位国家,老百姓见了官,腿肚子就会筛起糠来，底气不足，有民主权利，也不敢享受。对于绝大多数平头百姓来说，情况还是这样。

最近有本畅销书《中国可以说不》，对我国的对外关系发了些议论。我草草翻了一下，没怎么看进去。现在对这本书有些评论，大多认为书的内容有些偏激。还有人肯定这本书，说是它的意义在于老百姓终于可以说外国人，地位因此提高了。可能我在胡猜，但我觉得这里面包含了三重的误会。其一，看到我国政府在对外交涉中讲道理，就觉得政府在怕洋人——不讲理的人常会有这种看法，这是不足为奇的。其二，看到海外的评论注意到了这本书，觉得洋人怕了我们——有些人就是这么一惊一乍，一本书有什么可怕的呢？其三，以为洋人怕了这本百姓写的书，官又怕洋人，结果就是官也怕了百姓了，老百姓的地位也就提高了。这是武侠小说里的隔山打牛、隔物传功之法。这其一和其二无须我再说，大家都知道是不对的，而且很没意思。其三则完全是小说家的题目，但我觉得这种说法完全是扯淡，因为就算洋人怕了你，官又怕了洋人，你还是怕官，这一点毫无改变。

从前，有个大学的青年教师，三十多岁了，每月挣三五百块钱，谈起对象来个个吹。他住在筒子楼里，别人在楼道里炒菜，油烟滚滚灌到卧室里。每次上楼里的公共厕所，不论打开哪一间隔间，便池里都横亘着几根别人遗下的粗壮的屎橛子……除此之外，他在系里也弄不着口好粥喝，副教授一职遥遥无期，出门办件事，到处看别人的脸色——就连楼前楼后带红箍的人都对他粗声粗气地乱喝呼。你知道他痛苦的根源吗？根源在于领导上对他不重视。后来他写成了一本书，先把洋人吓得要死，洋人又来找我国政府，电话一级级打了下来，系主任、派出所、居委会赶紧对他改颜相敬——你知道小人物翻身的原因吗？就在于发现了隔山打牛的诀窍啊。这个故事没有什么针对性，只是在翻写话本里的《李太白醉草吓蛮书》，大家可以找原本来看看。话本里的李太白吓退了蛮人，得到皇上的宠幸，横扫杨贵妃、高力士，地位猛烈地提高了。假如今天的吓蛮书没有收到这样的效力，那是因为写书人酒还喝得不够多。

* 载于1996年9月13日《南方周末》。

极端体验

段成式在《酉阳杂俎》写道：唐朝有位秀才先生，才高八斗，学富五车，因慕李太白为人，自起名为李赤。我虽没见过他，但能想象出他的样子：一位翩翩佳公子。有一天，春日融融，李赤先生和几个朋友出城郊游。走到一处野外的饭馆，朋友们决定在此吃午饭。大家入席以后，李赤起身去方便。去了就不回来，大家也没理会。忽听外面一声暴喊，大家循声赶去，找到了厕所里。只见李赤先生头在下，脚在上，倒插在粪桶里。这景象够吓人的。幸亏有位上厕所的先生撞见了，惊叫了一声，迟了不堪设想……大伙赶紧把他拔出来，打来清水猛冲了几桶。还好，李赤先生还有气，冷水一激又缓了过来。别人觉得有个恶棍躲在厕所里搞鬼，把李赤拦腰抱起，栽进了粪桶里，急着要把他逮住。但李赤先生说，是自己掉进去的。于是众人大笑，说李先生太不小心了，让他更衣重新入席——但却忽略了一件事：李先生不是跳水队员，向前跳水的动作也不是非常熟练，怎么能一失足就倒插在粪桶里。所以，他是自己跳下去的。段成式没解释李秀才为什么会往粪桶里跳，但我觉得，这件事我能解释：

有些人秉性特殊，寻常生活不能让他们满足。他们需要某种极端体验：喜欢被人捆绑起来，加以羞辱和拷打——人各有所好，这不碍我们的事。其中还有些人想要 golden shower，也就是把屎尿往头上浇。这才是真正惊世骇俗的嗜好。据说在纽约和加州某些俱乐部里，有人在口袋里放块黄手绢，露出半截来，就表明自己有这种嗜好。我觉得李赤先生就有这种嗜好，只是他不是让别人往头上浇，而是自己要往里跳。这种事解释得太详细了难免恶心，我们只要明白极端体验是个什么意思就够了。

现在是太平年月，大约在三十年前罢，整个中国乱哄哄的，有些人生活在极端体验里。这些人里有几位我认识，有些是学校里的老师，还有一些是大院里的叔叔、阿姨。他们都不喜欢这种横加在头上的极端体验，就自杀了：跳楼的跳楼，上吊的上吊，用这种方法来解脱苦难。也许有些当年闹事的人觉得这些事还蛮有意思的，但我劝他们替死者家属想想。死者已矣，留给亲友的却是无边的黑夜……

然后我就去插队，走南闯北，这种事情见得很多。比方说，在村里开会，支书总要吆喝"地富到前排"，讲几句话，就叫他们起来"撅"着。那些地富有不少比我岁数还小。原来农村的规矩是地富的子女还叫地富，就那么小一个村子，大家抬头不见低头见，撅在大伙面前，头在下腚在上，把脸都丢光，这也是种极端体验罢。当然，现在不叫地富，大家都是社员了。做出这项决定的人虽已不在人世了，但大家都会怀念他的——总而言之，那是一个极端体验的年代；虽然很惊险、很刺激，但我一点都不喜欢。现在有些青年学人，人已经到了海外，拿到了博士学位和绿卡，又提起那个年代的种种好处来，借某个村庄的经验说事儿，老调重弹：想要大家再去早请示、晚汇报、学老三篇，还煞有介事地总结了毛泽东思想育新人的经验。听了这些话，我满脊梁乱起鸡皮疙瘩。

我有些庸人的想法：吃饱了比饿着好，健康比有病好，站在粪桶外比跳进去好。但有人不同意这种想法，比方说，李赤先生。大家宴饮已毕，回城里去，走到半路，发现他不见了。赶紧回去找，发现他又倒栽进了粪桶里。这回和上回不同，拖出来一看，他已经没气了。李赤先生的极端体验就到此结束——一玩就把自己玩死，这可是太极端了，没什么普遍意义。我觉得人不该淹死在屎里，但如你所知，这是庸人之见，和李赤先生的见解不同——李赤先生死后面带幸福的微笑，只是身上臭烘烘的。

我这个庸人又有种见解：太平年月比乱世要好。这两种时代的区别，比新鲜空气和臭屎的区别还要大。近二十年来，我们过着太平日子，好比呼吸到了一点新鲜空气，没理由再把我们栽进臭屎里。我是中国的国民，我对这个国家的希望就是：希望这里永远是太平年月。不管海外的学人怎么说我们庸俗，丧失了左派的锐气，我这个见解终不肯改。现在能太太平平，看几本书，写点小文章，我就很满意了。我可不想早请示、晚汇报，像"文化革命"里那样穷折腾。至于海外那几位学人，我猜他们也不是真喜欢"文化革命"——他们喜欢的只是那时极端体验的气氛。他们可不想在美国弄出这种气氛，那边是他们的安身立命之所。他们只想把中国搞得七颠八倒，以便放暑假时可以过来体验一番，然后再回美国去，教美国书、挣美国钱。这主意不坏，但我们不答应：我们没有极端体验的瘾，别来折腾我们。真正有这种瘾的人，何妨像李赤先生那样，自己一头扎向屎坑。

* 载于1996年10月11日《南方周末》。

我看国学

我现在四十多岁了,师长还健在,所以依然是晚生。当年读研究生时,老师对我说,你国学底子不行,我就发了一回愤,从四书到二程、朱子乱看了一通。我读书是从小说读起,然后读四书;做人是从知青做起,然后做学生。这样的次序想来是有问题。虽然如此,看古书时还是有一些古怪的感慨,值得敝帚自珍。读完了《论语》闭目细思,觉得孔子经常一本正经地说些大实话,是个挺可爱的老天真,自己那几个学生老挂在嘴上,说这个能干啥,那个能干啥,像老太太数落孙子一样,很亲切。老先生有时候也鬼头鬼脑,那就是"子见南子"那一回。出来以后就大呼小叫,一口咬定自己没"犯色"。总的来说,我喜欢他,要是生在春秋,一定上他那里念书,因为那儿有一种"匹克威克俱乐部"的气氛。至于他的见解,也就一般,没有什么特别让人佩服的地方。至于他特别强调的礼,我以为和"文化革命"里搞的那些仪式差不多,什么早请示晚汇报，我都经历过，没什么大意思。对于幼稚的人也许必不可少，但对有文化的成年人就是一种负担。不过，我上孔老夫子的学，就是奔那种气氛而去，不想在那里长什么学问。

《孟子》我也看过了，觉得孟子甚偏执，表面上体面，其实心底有股邪火。比方说，他提到墨子、杨朱，"无君无父，是禽兽也"，如此立论，已然不是一个绅士的作为。至于他的思想，我一点都不赞成。有论家说他思维缜密，我的看法恰恰相反。他基本的方法是推己及人，有时候及不了人，就说人家是禽兽、小人；这股凶巴巴恶狠狠的劲头实在不讨人喜欢。至于说到修辞，我承认他是一把好手，别的方面就没什么。我一点都不喜欢他，如果生在春秋，见了面也不和他握手。我就这么读过了孔、孟，用我老师的话来说，就如"春风过驴耳"。我的这些感慨也只是招得老师生气，所以我是晚生。

假如有人说，我如此立论，是崇洋媚外，缺少民族感情，这是我不能承认的。但我承认自己很佩服法拉第，因为给我两个线圈一根铁棍子，让我去发现电磁感应，我是发现不出来的。牛顿、莱布尼兹，特别是爱因斯坦，你都不能不佩服，因为人家想出的东西完全在你的能力之外。这些人有一种惊世骇俗的思索能力，为孔孟所无。按照现代的标准，孔孟所言的"仁义"啦，"中庸"啦，虽然是些好话，但似乎都用不着特殊的思维能力就能想出来，琢磨得过了分，还有点肉麻。这方面有一个例子：记不清二程里哪一程,有一次盯着刚出壳的鸭雏使劲看。别人问他看什么,他说,看到毛茸茸的鸭雏,才体会到圣人所说"仁"的真意。这个想法里有让人感动的地方,不过仔细一体会,也没什么了不起的东西在内。毛茸茸的鸭子虽然好看,但再怎么看也是只鸭子。再说,圣人提出了"仁",还得让后人看鸭子才能明白,起码是词不达意。我虽然这样想,但不缺少民族感情。因为我虽然不佩服孔孟,但佩服古代中国的劳动人民。劳动人民发明了做豆腐,这是我想象不出来的。

我还看过朱熹的书,因为本科是学理工的,对他"格物"的论述看得特别的仔细。朱子用阴阳五行就可以格尽天下万物,虽然阴阳五行包罗万象,是民族的宝贵遗产,我还是以为多少有点失之于简单。举例来说,朱子说,往井底下一看,就能看到一团森森的白气。他老人家解释道,阴中有阳,阳中有阴(此乃太极图之象),井底至阴之地,有一团阳气,也属正常。我相信,你往井里一看,不光能看到一团白气,还能看到一个人头,那就是你本人(我对这一点很有把握,认为不必做实验了)。不知为什么,这一点他没有提到。可能观察得不仔细,也可能是视而不见,对学者来说,这是不可原谅的。还有可能是井太深,但我不相信宋朝就没有浅一点的井。用阴阳学说来解释这个现象不大可能,也许一定要用到几何光学。虽然要求朱子一下推出整个光学体系是不应该的,那东西太过复杂,往那个方向跨一步也好。但他根本就不肯跨。假如说，朱子是哲学家、伦理学家，不能用自然科学家的标准来要求，我倒是同意的。可怪的是，咱们国家几千年的文明史，就是出不了自然科学家。

现在可以说，孔孟程朱我都读过了。虽然没有很钻进去，但我也怕钻进去就爬不出来。如果说，这就是中华文化遗产的主要部分，那我就要说，这点东西太少了，拢共就是人际关系里那么一点事，再加上后来的阴阳五行。这么多读书人研究了两千年，实在太过分。我们知道，旧时的读书人都能把四书五经背得烂熟，随便点出两个字就能知道它在书中什么地方。这种钻研精神虽然可佩，这种做法却十足是神经病。显然，会背诵爱因斯坦原著，成不了物理学家；因为真正的学问不在字句上，而在于思想。就算文科有点特殊性，需要背诵，也到不了这个程度。因为"文革"里我也背过毛主席语录，所以以为，这个调调我也懂——说是诵经念咒，并不过分。

二战期间，有一位美国将军深入敌后，不幸被敌人堵在了地窖里，敌人在头上翻箱倒柜，他的一位随行人员却咳嗽起来。将军给了随从一块口香糖让他嚼，以此来压制咳嗽。但是该随从嚼了一会儿，又伸手来要，理由是：这一块太没味道。将军说：没味道不奇怪，我给你之前已经嚼了两个钟头了！我举这个例子是要说明，四书五经再好，也不能几千年地念；正如口香糖再好吃，也不能换着人地嚼。当然，我没有这样地念过四书，不知道其中的好处。有人说，现代的科学、文化，林林总总，尽在儒家的典籍之中，只要你认真钻研。这我倒是相信的，我还相信那块口香糖再嚼下去，还能嚼出牛肉干的味道，只要你不断地嚼。我个人认为，我们民族最重大的文化传统，不是孔孟程朱，而是这种钻研精神。过去钻研四书五经，现在钻研《红楼梦》。我承认，我们晚生一辈在这方面差得很远，但也未尝不是一件好事。四书也好，《红楼梦》也罢，本来只是几本书，却硬要把整个大千世界都塞在其中。我相信世界不会因此得益，而是因此受害。

任何一门学问，即便内容有限而且已经不值得钻研，但你把它钻得极深极透，就可以挟之以自重，换言之，让大家都佩服你；此后假如再有一人想挟这门学问以自重，就必须钻得更深更透。此种学问被无数的人这样钻过，会成个什么样子，实在难以想象。那些钻进去的人会成个什么样子，更是难以想象。古宅闹鬼，树老成精，一门学问最后可能变成一种妖怪。就说国学罢，有人说它无所不包，到今天还能拯救世界，虽然我很乐意相信，但还是将信将疑。

* 载于1995年第2期《中国青年研究》杂志。

智慧与国学

一

我有一位朋友在内蒙古插过队,他告诉我说,草原上绝不能有驴。假如有了的话,所有的马群都要"炸"掉。原因是这样的:那个来自内地的、长耳朵的善良动物来到草原上,看到了马群,以为见到了表亲,快乐地奔了过去;而草原上的马没见过这种东西,以为来了魔鬼,被吓得一哄而散。于是一方急于认表亲,一方急于躲鬼,都要跑到累死了才算。近代以来,确有一头长耳朵怪物,奔过了中国的原野,搅乱了这里的马群,它就是源于西方的智慧。假如这头驴可以撵走,倒也简单。问题在于撵不走。于是就有了种种针对驴的打算:把它杀掉,阉掉,让它和马配骡子,没有一种是成功的。现在我们希望驴和马能和睦相处,这大概也不可能。有驴子的地方,马就养不住。其实在这个问题上,马儿的意见最为正确：对马来说，驴子的确是可怕的怪物。

让我们来看看驴子的古怪之处。当年欧几里得讲几何学，有学生发问道，这学问能带来什么好处？欧几里得叫奴隶给他一块钱，还讽刺他道：这位先生要从学问里找好处啊！又过了很多年，法拉第发现了电磁感应，演示给别人看，有位贵妇人说：这有什么用？法拉第反问道：刚生出来的小孩子有什么用？按中国人的标准，这个学生和贵妇有理，欧几里得和法拉第没有理：学以致用嘛，没有用处的学问哪能叫作学问。西方的智者却站在老师一边，赞美欧几里得和法拉第，鄙薄学生和贵妇。时至今日，我们已经看出，很直露地寻求好处，恐怕不是上策。这样既不能发现欧氏几何，也不能发现电磁感应，最后还要吃很大的亏。怎样在科学面前掩饰我们要好处的暧昧心情，成了一个难题。

有学者指出，中国传统的思维方式有重实用的倾向。他们还以为，这一点并不坏。抱着这种态度，我们很能欣赏一台电动机。这东西有"器物之用"，它对我们的生活有些贡献。我们还可以像个迂夫子那样细列出它有"抽水之用""通风之用"等等。如何得到"之用"，还是个问题，于是我们就想到了发明电动机的那个人——他叫作西门子或者爱迪生。他的工作对我们可以使用电机有所贡献，换言之，他的工作对器物之用又有点用，可以叫作"器物之用之用"。像这样林林总总，可以揪出一大群：

法拉第、麦克斯韦等等,分别具有"之用之用之用"或更多的之用。像我这样的驴子之友看来,这样来想问题,岂止是有点笨,简直是脑子里有块榆木疙瘩,嗓子里有一口痰。我认为在器物的背后是人的方法与技能,在方法与技能的背后是人对自然的了解,在人对自然了解的背后,是人类了解现在、过去与未来的万丈雄心。按老派人士的说法,它该叫作"之用之用之用之用",是末节的末节。一个人假如这样看待人类最高尚的品行,何止是可耻,简直是可杀。而区区的物品,却可以叫"之用",和人亲近了很多。总而言之,以自己为中心,只要好处;由此产生的狼心狗肺的说法,肯定可以把法拉第、爱迪生等人气得在坟墓里打滚。

在西方的智慧里,怎样发明电动机,是个已经解决了的问题,所以才会有电动机。罗素先生就说,他赞成不计成败利钝地追求客观真理。这话还是有点绕。我觉得西方的智者有一股不管三七二十一,总要把自己往聪明里弄的劲头。为了变得聪明,就需要种种知识。不管电磁感应有没有用,我们先知道了再说。换言之,追求智慧与利益无干,这是一种兴趣。现代文明的特快列车竟发轫于一种兴趣,说来叫人不能相信,但恐怕真是这样。

中国人还认为,求学是痛苦的,学海无涯苦作舟。学童不仅要背四书五经,还要挨戒尺板子,仅仅是因为考虑到他们的承受力,才没有动用老虎凳。学习本身很痛苦,必须以更大的痛苦为推动力,和调教牲口没有本质的区别。当然,夫子曾说,学而时习之,不亦乐乎?但他老人家是圣人,和我们不一样。再说,也没人敢打他的板子。从书上看,孟子曾从思辨中得到一些快乐。但春秋以后到近代,再没有中国人敢说学习是快乐的了。一切智力的活动都是如此,谁要说动脑子有乐趣,最轻的罪名也是不严肃——顺便说一句,我认为最严肃的东西是老虎凳,对坐在上面的人来说,更是如此。据我所知,有些外国人不是这样看问题。维特根斯坦在临终时,回顾自己一生的智力活动时说:告诉他们,我度过了美好的一生。还有一个物理学家说:我就要死了,带上两道难题去问上帝。在天堂里享受永生的快乐他还嫌不够,还要在那里讨论物理!总的来说,学习一事,在人家看来快乐无比,而在我们眼中则毫无乐趣,如同一个太监面对后宫佳丽。如此看来,东西方两种智慧的区别,不仅是驴和马的区别,而且是叫驴和骟马的区别。那东西怎么就没了,真是个大问题!

作为驴子之友,我对爱马的人也有一种敬意。通过刻苦的修炼来完善自己,成为一个敬祖宗畏鬼神、俯仰皆能无愧的好人,这种打算当然是好的。唯一使人不满意的是,这个好人很可能是个笨蛋。直愣愣地想什么东西有什么用处,这是任何猿猴都有的想法。只有一种特殊的裸猿(也就是人类),才会时时想到"我可能还不够聪明"!所以,我不满意爱马的人对这个问题的解答。

也许在这个问题上可以提出一个骡子式的折衷方案：你只有变得更聪明，才能看到人间的至善。但我不喜欢这样的答案。我更喜欢驴子的想法：智慧本身就是好的。有一天我们都会死去，追求智慧的道路还会有人在走着。死掉以后的事我看不到。但在我活着的时候，想到这件事，心里就很高兴。

二

物理学家海森堡给上帝带去的那两道难题是相对论和湍流。他还以为后一道题太难，连上帝都不会。我也有一个问题，但我不想向上帝提出，那就是什么是智慧。假如这个问题有答案，也必定在我的理解范围之外。当然，不是上帝的人对此倒有些答案，但我总是不信。相比之下我倒更相信苏格拉底的话：我只知道自己一无所知。罗素先生说，虽然有科学上的种种成就，但我们所知甚少，尤其是面对无限广阔的未知，简直可以说是无知的。与罗素的注释相比，我更喜欢苏格拉底的那句原话，这句话说得更加彻底。他还有些妙论我更加喜欢：只有那些知道自己智慧一文不值的人，才是最有智慧的人。这对某种偏向是种解毒剂。

如果说我们都一无所知，中国的读书人对此肯定持激烈的反对态度：孔夫子说自己知天命而且不逾矩，很显然，他不再需要知道什么了。后世的人则以为：天已经生了仲尼，万古不长如夜了。再后来的人则以为，精神原子弹已经炸过，世界上早没有了未解决的问题。总的来说，中国人总要以为自己有了一种超级的知识，博学得够够的、聪明得够够的，甚至巴不得要傻一些。直到现在，还有一些人以为，因为我们拥有世界上最博大精深的文化遗产，可以坐待世界上一切寻求智慧者的皈依——换言之，我们不仅足够聪明，还可以担任联合国救济署的角色，把聪明分给别人一些。我当然不会反对这样说：我们中国人是全世界、也是全宇宙最聪明的人。一种如此聪明的人，除了教育别人，简直就无事可干。

马克·吐温在世时，有一次遇到了一个人，自称能让每个死人的灵魂附上自己的体。他决定通过这个人来问候一下死了的表兄，就问道：你在哪里？死表哥通过活着的人答道：我在天堂里。当然，马克·吐温很为表哥高兴。但问下去就不高兴了——你现在喝什么酒？灵魂答道：在天堂里不喝酒。又问抽什么烟？回答是不抽烟。再问干什么？答案是什么都不干，只是谈论我们在人间的朋友，希望他们到这里和我们相会。这个处境和我们有点相像，我们这些人现在就无事可干，只能静待外国物质文明破产，来投靠我们的东方智慧。这话梁任公一九二〇年就说过，现在还有人说。洋鬼子在物质堆里受苦，我们享受天人合一的大快乐，正如在天堂里的人闲着没事拿人间的朋友磕磕牙，我们也有了机会表示自己的善良了。说实在的，等人来这点事还是洋鬼子给我们找的。要不是达·伽马找到好望角绕了过来，我们还真闲着没事干。从汉代到近代，全中国那么多聪明人，可不都在闲着：人文学科弄完了，自然科学没得弄。马克·吐温的下一个问题，我国的一些人文学者就不一定爱听了：等你在人间的朋友们都死掉，来到了你那里，再谈点什么？是啊是啊，全世界的人都背弃了物质文明，投奔了我们，此后再干点什么？难道重操旧业，去弄八股文？除此之外，再搞点考据、训诂什么的。过去的读书人有这些就够了，而现在的年轻人未必受得了。把拥有这种超级智慧比作上天堂，马克·吐温的最后一个问题深得我心：你是知道我的生活方式的，有什么方法能使我不上天堂而下地狱，我倒很想知道！言下之意是：忍受地狱毒火的煎熬，也比闲了没事要好。是啊是啊！我宁可做个苏格拉底那样的人，自以为一无所知，体会寻求知识的快乐，也不肯做个"智慧满盈"的儒士，忍受这种无所事事的煎熬！

三

我有位阿姨，生了个傻女儿，比我大几岁，不知从几岁开始学会了缝扣子。她大概还学过些别的，但没有学会。总而言之，这是她唯一的技能。我到她家去坐时，每隔三到五分钟，这傻丫头都要对我狂嚎一声："我会缝扣子！"我知道她的意思：她想让我向她学缝扣子。但我就是不肯，理由有二：其一，我自己会缝扣子；其二，我怕她扎着我。她这样爱我，让人感动。但她身上的味也很难闻。

我在美国留学时，认得一位青年，叫作戴维。我看他人还不错，就给他讲解中华文化的真谛，什么忠孝、仁义之类。他听了居然不感动，还说："我们也爱国。我们也尊敬老年人。这有什么？我们都知道！"我听了不由得动了邪火，真想扑上去咬他。之所以没有咬，是因为想起了傻大姐，自觉得该和她有点区别，所以悻悻然地走开，心里想道：妈的！你知道这些，还不是从我们这里知道的。礼义廉耻，洋人所知没有我们精深，但也没有儿奸母、子食父、满地拉屎。东方文化里所有的一切，那边都有，之所以没有投入全身心来讲究，主要是因为人家还有些别的事情。

假如我那位傻大姐学会了一点西洋学术，比方说，几何学，一定会跳起来大叫道：人所以异于禽兽者，几稀！这东西就是几何学！这话不是没有道理，的确没有哪种禽兽会几何学。那时她肯定要逼我跟她学几何，如果我不肯跟她学，她定要说我是禽兽之类，并且责之以大义。至于我是不是已经会了一些，她就不管了。我的意思当然不是说她能学会这东西，而是说她只要会了任何一点东西，都会当作超级智慧，相比之下那东西是什么倒无所谓。由这件事我想到超级知识的本质。这种东西罗素和苏格拉底都学不会，我学起来也难。任何知识本身，即便烦难，也可以学会。难就难在让它变成超级，从中得到大欢喜、大欢乐，无限的自满、自足、手之舞之足之蹈之的那种品行。这种品行我的那位傻大姐身上最多，我身上较少。至于罗素、苏格拉底两位先生，他们身上一点都没有。

傻大姐是个知识的放大器，学点东西极苦，学成以后极乐。某些国人对待国学的态度与傻大姐相近。说实在的，他们把它放得够大了。拉封丹寓言里，有一则《大山临盆》，内容如下：大山临盆，天为之崩，地为之裂，日月星辰，为之无光。房倒屋坍，烟尘滚滚，天下生灵，死伤无数……最后生下了一只耗子。中国的人文学者弄点学问，就如大山临盆一样壮烈。当然，我说的不只现在，而且有过去，还有未来。

正如迂夫子不懂西方的智慧，也能对它品头论足一样，罗素没有手舞足蹈的品行，但也能品出其中的味道——大概把对自己所治之学的狂热感情视作学问本身乃是一种常见的毛病，不独中国人犯，外国人也要犯。他说：人可能认为自己有无穷的财源，而且这种想法可以让他得到一些（何止是一些！罗素真是不懂——王注）满足。有人确实有这种想法，但银行经理和法院一般不会同意他们。银行里有帐目，想骗也骗不成；至于在法院里，我认为最好别吹牛，搞不好要进去的。远离这两个危险的场所，躲在人文学科的领域之内，享受自满自足的大快乐，在目前还是可以的；不过要有人养。在自然科学里就不行：这世界上每年都有人发明永动机，但谁也不能因此发财。顺便说一句，我那位傻大姐，现在已经五十岁了，还靠我那位不幸的阿姨养活着。

* 载于1995年第11期《读书》杂志。

有关天圆地方

现在我经常写点小文章,属杂文或是随笔一类。有人告诉我说,没你这么写杂文的!杂文里应该有点典故,有点考证,有点文化气味。典故我知道一些,考证也会,但就是不肯这么写。年轻时读过莎翁的剧本《捕风捉影》,有一场戏是一个使女和就要出嫁的小姐耍贫嘴,贫到后来有点荤。其中有一句是这么说的:"小姐死后进天堂,一定是脸朝上!"古往今来的莎学家们引经据典,考了又考,注了又注,文化气氛越来越浓烈,但越注越让人看不懂。只有一家注得简明,说:这是个与性有关的、粗俗不堪的比喻。这就没什么文化味,但照我看来,也就是这家注得对。要是文化氛围和明辨是非不可兼得的话,我宁愿明辨是非,不要文化氛围。但这回我想改改作风,不再耍贫嘴,我也引经据典地说点事情,这样不会得罪人。

罗素先生说,在古代的西方,大概就数古希腊人最为文明,比其他人等聪明得多。但要论对世界的看法，他们的想法就不大对头——他们以为整个世界是个大沙盘，搁在一条大鲸鱼的背上。鲸鱼又漂在一望无际的海上。成年扛着这么个东西，鲸鱼背上难受，偶尔蹭个痒痒，这时就闹地震。古埃及的人看法比他们正确，他们认为大地是个球形，浮在虚空之中。埃及人还算过地球的直径，居然算得十分之准。这种见识上的差异源于他们住的地方不同：埃及人住在空旷的地方，举目四望，周围是一圈地平线，和蚂蚁爬上篮球时的感觉一模一样，所以说地是个球。希腊人住在多山的群岛上，往四周一看，支离破碎，这边山那边海。他们那里还老闹地震，所以就想出了沙盘鲸鱼之说。罗素举这个例子是要说，人们的见识总要受处境的限制，这种限制既不知不觉，又牢不可破——这是一个极好的说明。

中国古人对世界的看法是：天圆地方，人在中间，堂堂正正，这是天经地义。谁要对此有怀疑，必是妖孽之类。这是因为地上全是四四方方的耕地，天上则是圆圆的穹隆盖，睁开眼一看，正是天圆地方。其实这说法有漏洞，随便哪个木匠都能指出来：一个圆，一个方，斗在一起不合榫。要么都圆，要么都方才合理，但我不记得哪个木匠敢跳出来反对天经地义。其实哪有什么天经地义，只有些四四方方的地界，方块好画呀。人自己把它画出来，又把自己陷在里面了。顺便说一句，中国文人老说"三光日月星"，还自以为概括得全面。但随便哪个北方的爱斯基摩人听了都不认为这是什么学问。天上何止有三光？还有一光——北极光！要是倒回几百年去，你和一个少年气盛的文人讲这些道理，他不仅听不进，还要到衙门里去揭发你，说你是个乱党——其实，想要明白些道理，不能觉得什么顺眼就信什么，还要听得进别人说。当然，这道理只对那些想要知道真理的人适用。

*载于1996年12月20日《南方周末》。

理想国与哲人王

罗素先生评价柏拉图的《理想国》时说,这篇作品有一个蓝本,是斯巴达和它的立法者莱库格斯。我以为,对于柏拉图来说,这是一道绝命杀手。假如《理想国》没有蓝本,起码柏拉图的想象力值得佩服。现在我们只好去佩服莱库格斯,但他是个传说人物,真有假有尚存疑问。由此所得的结论是:《理想国》和它的作者都不值得佩服。当然,到底罗素先生有没有这样阴毒,还可以存疑。罗素又说,无数青年读了这类著作,燃烧起雄心,要做一个莱库格斯或者哲人王。只可惜,对权势的爱好,使人一再误入歧途。顺便说一句,在理想国里,是由哲学家来治国的。倘若是巫师来治国,那些青年就要想做巫师王了。我很喜欢这个论点。我哥哥有一位同学,他在"文化革命"里读了几本哲学书,就穿上了一件蓝布大褂,手里掂着红蓝铅笔,在屋里踱来踱去,看着墙上一幅世界地图,考虑起世界革命的战略问题了。这位兄长大概是想要做世界的哲人王,很显然,他是误入歧途了,因为没听说有哪个中国人做了全世界的哲人王。

自柏拉图以降,即便不提哲人王,起码也有不少西方知识分子想当莱库格斯。这就是说,想要设计一整套制度、价值观、生活方式,让大家在其中幸福地生活;其中最有名的设计,大概要算摩尔爵士的《乌托邦》。罗素先生对《乌托邦》的评价也很低,主要是讨厌那些烦琐的规定。罗素以为参差多态是幸福的本源,把什么都规定了就无幸福可言。作为经历了某种"乌托邦"的人,我认为这个罪状太过轻微。因为在乌托邦内,对什么是幸福都有规定,比如"以苦为乐,以苦为荣""宁要社会主义的草,不要资本主义的苗"之类。在乌托邦里,很难找到感觉自己不幸福的人,大伙只是傻愣愣的,感觉不大自在。以我个人为例,假如在七十年代,我能说出罗素先生那样充满了智慧的话语,那我对自己的智力状况就很满意,不再抱怨什么。实际上,我除了活着怪没劲之外,什么都说不出来。

本文的主旨不是劝人不要做莱库格斯或哲人王。照我看,这是个兴趣问题,劝也是没有用的。有些人喜欢这种角色,比如说,我哥哥的那位同学;有人不喜欢这种角色,比如说,我。这是两种不同的人。这两类人凑在一起时,就会起一种很特别的分歧。据说,人脖子上有一道纹路,旧时刽子手砍人,就从这里下刀,可以干净利索地切下脑袋。出于职业习惯,刽子手遇到不认识的人,就要打量他脖子上的纹，想象这个活怎么来做；而被打量的人总是觉得不舒服。我认为，对于敬业的刽子手，提倡出门时戴个墨镜是恰当的，但这已是题外之语。想象几个刽子手在一起互相打量，虽然是很有趣的图景，但不大可能发生，因为谢天谢地，干这行的人绝不会有这么多。我想用刽子手比喻喜欢并且想当哲人王的人，用被打量的人比喻不喜欢而且反对哲人王的人。这个例子虽然有点不合适，但我也想不到更好的例子。另外，我是写小说的，我的风格是黑色幽默，所以我不觉得举这个例子很不恰当。举这个例子不是想表示我对哲人王深恶痛绝，而是想说明一下"被打量着"是一种什么样的感觉。

众所周知，哲人王降临人世，是要带来一套新的价值观、伦理准则和生活方式。假如他来了的话，我就没有理由想象自己可以置身于事外。这就意味着我要发生一种脱胎换骨的变化，而要变成个什么，自己却一无所知。如果说还有比死更可怕的事，恐怕就是这个。因为这个缘故，知道有人想当哲人王，我就觉得自己被打量着。

我知道，这哲人王也不是谁想当就能当，他必须是品格高洁之士，而且才高八斗，学富五车。在此我举中国古代的哲人王为例——这只是为了举例方便，毫无影射之意——孔子是圣人，也很有学问。夏礼、周礼他老人家都能言之。但假如他来打量我，我就要抱怨说：甭管您会什么礼，千万别来打量我。再举孟子为例，他老人家善养浩然之气，显然是品行高洁，但我也要抱怨道：您养正气是您的事，打量我干什么？这两位老人家的学养再好，总不能构成侵犯我的理由。特别是，假如学养的目的是要打量人的话，我对这种学养的性质是很有看法的。比方说，朱熹老夫子格物、致知，最后是为了齐家、治国、平天下。因为本人不姓朱，还可以免于被齐，被治和被平总是免不了的。假如这个逻辑可以成立，生活就是很不安全的。很可能在我不知道的地方，有一位我全然不认识的先生在努力地格、致，只要他功夫到家，不管我乐意不乐意，也不管他打算怎样下手，我都要被治和平，而且根本不知自己会被修理成什么模样。

就我所知，哲人王对人类的打算都在伦理道德方面。倘若他能在物质生活方面替我们打算周到，我倒会更喜欢他。假如能做到，他也不会被称为哲人王，而会被称为科学狂人。实际上，自从有了真正的科学，科学家表现得非常本分。这主要是因为科学就是教人本分的学问，所以根本就没出过这种狂人。至于中国的传统学术，我就不敢这么说。起码我听到过一种说法，叫作"学而优则仕"，当然，若说学了它就会打量人，可能有点过分；但一听说它又出现了新的变种，我就有点紧张。国学主张学以致用，用在谁身上，可以不问自明——当然，这又是题外之语。

至于题内之语，还是我们为什么要怕哲人王的打量。照我看来，此君的可怕之处首先在于他的宏伟志向：人家考虑的问题是人类的未来,而我们只是人类的四十亿分之一,几乎可以说是不存在。《水浒传》的牢头禁子常对管下人犯说:你这厮只是俺手上的一个行货……一想到哲人王,我心中难免有种行货感。顺便说一句,有些话只有哲人才能说得出来,比如尼采说:到女人那里去不要忘了带上鞭子;我要替女人说上一句:我们招谁惹谁了。至于这类疯话气派很大,我倒是承认的。总的来说,哲人王藐视人类,比牢头禁子有过之无不及。主张信任哲人王的人会说:只有藐视人类的人才能给人类带来更大利益;我又要说:只有这种人才能给人类带来最大的祸害。从常理来说,倘若有人把你当作了 nothing,你又怎能信任他们。

  哲人王的又一可怕之处,在于他的学问。在现代社会里,人人都有不懂的学问,科学上的结论不足以使人恐惧,因为这种结论是有证据和推导过程的,作为有理性的人,这些说法是你迟早会同意的那一种。而哲学上的结论就大不相同,有的结论你抵死也不会同意;因为既没有证据也没有推导,哲人王本人就是证明;而结论本身又往往非常的严重。举例来说,尼采先生的结论对一切非受虐狂的女性就很严重;就这句话而论,我倒希望他能活过来,说一句"我是开个玩笑",然后再死掉。当然,我也盼着中国古代的圣人活过来,把存天理灭人欲、饿死事小失节事大之类的话收回一些。

  我说哲人王的学问可怕,丝毫也不意味着对哲学的不敬。哲学不独有趣，还足以启迪智慧，"文化革命"里工农兵学哲学时说：哲学就是聪明学，我以为并不过分。若以为哲学里种种结论可以搬到生活里使用，恐怕就不尽然。下乡时常听老乡抱怨说：学了聪明学反而更笨，连地都不会种了。至于可以使人成王的哲学，我认为它可以使王者更聪明，老百姓更笨。罗素是个哲学家，他说：真正的伦理准则把人人同等看待。很显然，他的哲学不能使人成王。孔子说：民可使由之，不可使知之。像这样的哲学就能使人（首先是自己）成王。孔丘先生被封为大成至圣先师，子子孙孙都是衍圣公，他老人家果然成了个哲人王。

时值今日，还有人盼着出个哲人王，给他设计一种理想的生活方式，好到其中去生活；因此就有人乐于做哲人王，只可惜这些现代的哲人王多半不是什么好东西，人民圣殿教的故事就是一例。不但对权势的爱好可以使人误入歧途，服从权势的欲望也可以使人误入歧途。至于我自己，总觉得生活的准则、伦理的基础，都该是些可以自明的东西。假如有未明之处，我也盼望学者贤明的意见，只是这些学者应该像科学上的前辈那样以理服人，或者像苏格拉底那样，和我们进行平等的对话。假如像某些哲人那样讲出晦涩、偏执的怪理，或者指天划地、口沫飞溅地做出若干武断的规定，那还不如让我自己多想想的好。不管怎么说，我不想把自己的未来交给任何人，尤其是哲人王。

东西方快乐观区别之我见

东西方精神的最大区别在于西方人沉迷于物欲，而东方人精于人与人的关系；前者从征服中得到满足，后者从人与人的相亲相爱中汲取幸福。一次大战刚结束时，梁任公旅欧归来，就看到前一种精神的不足；那个时候列强竞相掠夺世界，以致打了起来，生灵涂炭——任公觉得东方人有资格给他们上一课；而当时罗素先生接触了东方文明以后，也觉得颇有教益。现在时间到了世纪末，不少东方人还觉得有资格给西方人上一课。这倒不是因为又打了大仗，而是西方人的物欲毫无止境，搞得能源、生态一齐闹了危机，而人际关系又是那么冷酷无情。但是这一课没有听众，急得咱们自己都抓耳挠腮。这种物欲横流的西方病，我们的老祖宗早就诊断过。当年孟子见梁惠王，梁惠王问利，孟子就说，上下交征利而国危矣。所谓利，就是能满足物质欲望的东西。在古代，生产力有限，想要利，就得从别人那里夺，争得凶了就要打破头。现代科技发达，可以从开发自然里得到利益，搞得过了头，又要造成生态危机。孟子提出一种东西作为"利"的替代物，这个暂且不提。我们来讨论一下西方病的根源。笔者既学过文，又学过理，两边都是糊里糊涂，且有好做不伦不类的类比之恶习。不管怎样，大家可以听听这种类比可有道理。

人可以从环境中得到满足，这种满足又成为他行动的动力。比方说，冷天烧了暖气觉得舒服，热天放了冷气又觉得舒服，结果他就要把房间恒温到华氏七十度，购买空调机，耗费无数电力；骑车比走路舒服，坐车又比骑车舒服，结果是人人买汽车，消耗无数汽油。由此看来，舒服了还要更舒服，正是西方人掠夺自然的动力。这在控制论上叫作正反馈，社会就相当于一个放大器，人首先有某种待满足的物欲，在欲望推动下采取的行动使欲望满足，得到了乐趣，这都是正常的。乐趣又产生欲望，又反馈回去成了再做这行动的动力，于是越来越凶，成了一种毛病。玩过无线电的人都知道，有时候正反馈讨厌得很，状似抽风：假如话筒和喇叭串了，就会闹出这种毛病，喇叭里的声音又进了话筒，放大数百倍出来再串回去，结果就是要吵死人——行话叫作"自激"。在我们这里看来，西方社会正在自激，舒服了还要更舒服，搅到最后，连什么是舒服都不清不楚，早晚把自己烧掉了完事。这种弊病的根源在于它是个欲望的放大器——它在满足物欲方面能做得很成功，当然也有现代技术在做它的后盾。孟老夫子当年就提出要制止这种自激，提出个好东西，叫作"仁义"，仁者，亲亲也，义者，敬长也，亲亲敬长很快乐，又不毁坏什么，这不是挺好的吗（见《孟子·离娄上》）。

有关自激像抽风，还可以举出一个例子。凡高级动物脑子里都有快乐中枢，对那地方施以刺激，你就乐不可支。据说吸毒会成瘾，就是因为毒品直接往那里作用。有段科普文章里说到有几个缺德科学家在海豚脑子里装了刺激快乐中枢的电极，又给海豚一个电键，让它可以自己刺激自己。结果它就抽了风，废寝忘食地狂敲不止。我当然不希望他们是在寻海豚的开心，而希望他们是在做重要的试验。不管怎么说罢，上下交征利，是抽这种风，无止境地开发自然，也是抽这种风。我们可以教给西方人的就是：咱们可以从人与人的关系里得到乐趣。当然，这种乐趣里最直接的就是性爱，但是孟子毫不犹豫地把它挖了出去，虽然讲出的道理很是牵强——说"慕少艾"不是先天的"良知良能"，是后天学坏了，现代人当然要得出相反的结论。实际原因也很简单，它可能导致自激。孟子说，乐之实，乃是父子之情，手足之情（顺便说说，有注者说这个"乐"是音乐之"乐"，我不大信），再辅之以礼，就可以解决一切社会问题。这是孟子的说法，但我不大信服；他所说的那种快乐也可以自激，就如孟子自己说的，"乐则生矣，生则恶可已也，恶可已，则不知足之蹈之手之舞之"，谁要说这不叫抽风，那我倒想知道一下什么是抽风。而且我认为，假如没有一大帮人站在一边拍巴掌，谁也抽不到这种程度——孟夫子本人当然例外。

中国人在人际关系里找到了乐趣，我们认为这是自己的一大优点。因为有此优点，我们既不冷漠，又不自私，而且人与自然的关系和谐。中国社会四平八稳，不容易出毛病。这些都是我们的优点，我也不敢妄自菲薄。但是基督曾说，不要只看到别人眼里有木刺，没准儿自己眼里还有大梁呢。中国的传统道德，讲究得过了头，一样会导致抽风式的举动。这是因为中国的传统社会在这方面也是个放大器。人行忠孝节义，就能得忠臣孝子节妇义士的美名，这种美名刺激你更去行忠孝节义，循环往复，最后你连自己在干什么都搞不清。举例言之，我们讲究孝道，人人都说孝子好。孝子一吃香，然后也能导致正反馈，从而走火入魔：什么郭巨埋儿啦，卧冰求鱼啦，谁能说这不是自激现象？再举一例，中国传统道德里要求妇女守身如玉，从一而终，这可是个好道德罢？于是人人盛赞节烈妇女。翻开历史一看，女人为了节烈，割鼻子拉耳朵的都有。鼻子耳朵不比头发指甲，割了长不出来，而且人身上有此零件，必有用处；拿掉了肯定有不便处。若是为"节烈"之名而自杀，肯定是更加不妥的了。此类行为，就像那条抽风的海豚。

"文化革命"中大跳忠字舞时，也是抽的这种风；你越是五迷三道，晕头涨脑，大家就越说你好，所以当时几亿人民都像发了四十度的高烧。不用我说，你就能发现，这正是孟子说的那种手舞足蹈的现象。经历了"文化革命"的中国人，用不着我来提醒，就知道它是有很大害处的。"忠"可算是有东方特色的，而且可以说它是孝的一种变体，所以东方精神发扬到了极致，和西方精神一样的不合理，没准还会更坏。我们这里不追求物欲的极大满足，物质照样不够用。正如新儒家学者所说，我们的文化重人，所以人多了一定好，假如是自己的种，那就更好：做父母的断断不肯因为穷、养不起就不生，生得多了，人际关系才能极大丰富，对不对？于是你有一大帮儿子就有人羡慕。结果中国有十二亿人，虽然都没有要求开私家车，用空调机，能源也是不够用。只要一日三餐的柴火，就能把山林砍光，只要有口饭吃，地就不够种。偶尔出门一看，到处是人山人海，我就觉得咱们这里自激得很厉害。虽然就个体而言没有什么过分的物欲，就总体来看还是很过分，中国人一年烧掉十亿吨煤，造出无数垃圾，同样也超过地球的承受力。现在社会虽然平稳，拿着这么多的人口也是头疼。故而要计划生育，这就使人伦的基础大受损害。倘若这种东方特色不能改变，那就只能把大家变到身高三寸，那么所有的中国人又可以快乐地生活，并且享受优越的人际关系。可以预言，过个三五百年，三寸又嫌太高。就这么缩下去，一直缩到风能吹走，看来也不是好办法。

本文的主旨，在于比较东西方不同的快乐观。罗素在讨论伦理问题时曾经指出，人人都希求幸福。假如说，人得到自己希求的东西就是幸福，那就言之成理。倘若说因为某件事是幸福的，所以我们就希求它，那就是错误的。谁也不是因为吃是幸福的才饿的呀。幸福的来源，就是不计苦乐、不计利弊、自然存在的需要，这种需要的种类、分量，都不是可以任意指定的。当然，这是人在正常时的情形，被人哄到五迷三道、晕头转向的人不在此列。马尔库塞说西方社会有病，是说它把物质消费本身当成了需要，消费不是满足需求，而是满足起哄。我能够理解这种毛病是什么，但是缺少亲身体验。假如把人际关系和谐本身也当成需要，像孟子说的那样：行孝本身是快乐的，所以去行孝，当然就更是有病，而且这种毛病我亲身体验过了（在"文化革命"里人人表忠心的时候）。人满足物质欲望的结果是消费，人际关系的和谐也是人避免孤独这一需要的结果。一种需要本身是不会过分的，只有人硬要去夸大它，导致了自激时才会过分。饿了，找个干净饭馆吃个饭，有什么过分？想要在吃饭时显示你有钱才过分。你有个爸爸，你很爱他，要对他好，有什么过分？非要在这件事上显示你是个大孝子，让别人来称赞才过分。需要本身只有一分，你非把它弄到十分，这原因大家心里明白，社会对个人不是只起好作用，它还是个起哄的场所，干什么事都要别人说好，赢得一些喝彩声，正是这件事在导致自激。东方社会有东方的起哄法，西方有西方的起哄法。而且两边比较起来，还是东方社会里的人更爱起哄。

假如此说是正确的,那么真正的幸福就是让人在社会的法理、公德约束下,自觉自愿地去生活;需要什么,就去争取什么;需要满足之后,就让大家都得会儿消停。这当然需要所有的人都有点文化修养,有点独立思考的能力,并且对自己的生活负起责任来,同时对别人的事少起点哄。这当然不容易,但这是唯一的希望。看到人们在为物质自激,就放出人际关系的自激去干扰;看到人在人际关系里自激,就放出物质方面的自激去干扰;这样激来扰去,听上去就不是个道理。搞得不好,还能把两种毛病一齐染上:出了门,穷奢极欲,非奔驰车不坐,非毒蛇王八不吃,甚至还要吃金箔、屙金屎;回了家,又满嘴仁义道德,整个一个封建家长,指挥上演种种草菅人命的丑剧(就像大邱庄发生过的那样);要不就走向另一极端,对物质和人际关系都没了兴趣,了无生趣——假如我还不算太孤陋寡闻,这两样的人物我们在当代中国已经看到了。

* 载于 1995 年第 2 期《东方》杂志。

洋鬼子与辜鸿铭

我看过一些荒唐的书,因为这些书,我丧失了天真。在英文里,丧失天真(lose innocent)兼有变得奸滑的意思,我就是这么一种情形。我的天真丢在了匹兹堡大学的图书馆里。我在那里借了一本书,叫作《一个洋鬼子在中国的快乐经历》,里面写了一个美国人在中国的游历。从表面上看,该洋鬼子是华夏文化的狂热爱好者,清朝末年,他从上海一下船,看了中国人的模样,就喜欢得要发狂。别人喜欢我们,这会使我感到高兴,但他却当别论,这家伙是个 sadist,还是个 bisexual,用中国话来说,是个双性恋的性虐待狂。被这种人喜欢上是没法高兴的,除非你正好是个受虐狂。

我和大多数人一样,有着正常的性取向。咱们这些人见到满大街都是漂亮的异性,就会感到振奋。作为一个男人,我很希望到处都是美丽的姑娘,让我一饱眼福——女人的想法就不同,她希望到处都是漂亮小伙子。这些愿望都属正常。古书上说,海上有逐臭之夫。这位逐臭之夫喜欢闻狐臭。他希望每个人都长两个臭腋窝，而且都是熏死狐狸、骚死黄鼠狼那一种，这种愿望很难叫作正常，除非你以为戴防毒面具是种正常的模样。而那个虐待狂洋鬼子，他的理想是到处都是受虐狂，这种理想肯定不能叫作正常。很不幸的是，在中国他实现了理想。他说他看到的中国男人都是那么唯唯诺诺，头顶剃得半秃不秃，还留了猪尾巴式的小辫子，这真真好看死了。女人则把脚缠得尖尖的，要别人搀着才能走路，走起来那种娇羞无力的苦样，他看了也要发狂……

从表面上看，此洋鬼子对华夏文化的态度和已故的辜鸿铭老先生的论点很相似——辜老先生既赞成妇女缠足，也赞成男人留辫子。有人说，辜先生是文化怪杰，我同意这个"怪"字，但怪不一定是好意思。从寻常人的角度来看，sadist 就很怪。好在他们并不侵犯别人，只是偷偷寻找性伴侣。有时还真给他们找到了，因为另有一种 masochist（受虐狂），和他们一拍即合。结成了对子，他们就找个僻静地方去玩他们的性游戏，这种地点叫作"密室"——主要是举行一些仪式，享受那种气氛，并不当真动手，这就是西方社会里的 S/M 故事。但也有些 sadist 一时找不着伴儿，我说到的这个就是。他一路找到中国来了。据他说，有些西洋男人在密室里，给自己戴上狗戴的项圈，远没有剃个阴阳头，留条猪尾巴好看。他还没见过哪个西洋女人肯于把脚裹成猪蹄子。他最喜欢看这些样子，觉得这最为性感——所以他是性变态。至于辜鸿铭先生有什么毛病，我就说不清了。

那个洋鬼子见到中国人给人磕头，心里兴奋得难以自制：真没法想象有这么性感的姿式——双膝下跪！以头抢地！！口中还说着一些驯服的话语！！！他以为受跪拜者的心里一定欲仙欲死。听说臣子见皇帝要行三磕九叩之礼，他马上做起了皇帝梦：每天做那么快乐的性游戏，死了都值！总而言之，当时中国的政治制度在他看来，都是妙不可言的性游戏和性仪式，只可惜他是个洋鬼子，只能看，不能玩……

在那本书里，还特别提到了中国的司法制度。老爷坐在堂上，端然不动，罪人跪在堂下，哀哀地哭述，这情景简直让他神魂飘荡。老爷扔下一根签，就有人把罪人按翻，扒出屁股来，挥板子就打。这个洋鬼子看了几次，感到心痒难熬，简直想扑上去把官老爷挤掉，自己坐在那位子上。终于他花了几百两银子，买动了一个小衙门，坐了一回堂，让一个妓女扮作女犯打了一顿，他的变态性欲因此得到了满足，满意而去。在那本书里还有一张照片，是那洋鬼子扮成官老爷和衙役们的留影。这倒没什么说的，中国古代过堂的方式，确实是种变态的仪式。不好的是真打屁股，不是假打，并不像他以为的那么好玩。所以，这种变态比 S/M 还糟。

我知道有些读者会说，那洋鬼子自己不是个好东西，所以把我们的文化看歪了。这话安慰不了我，因为我已经丧失了天真。坦白地说罢，在洋鬼子的 S/M 密室里有什么，我们这里就有什

149

么，这种一一对应的关系，恐怕不能说是偶合。在密室里，有些 masochist 把自己叫作奴才，把 sadist 叫作主人。中国有把自己叫贱人、奴婢的，有把对方叫老爷的，意思差不多。有些 M 在密室里说自己是条虫子，称对方是太阳——中国人不说虫子，但有说自己是砖头和螺丝钉的，至于只说对方是太阳，那就太不够味儿，还要加上最红最红的前缀。这似乎说明，我们这里整个是一座密室。光形似说明不了什么，还要神似。辜鸿铭先生说：华夏文化的精神，在于一种良民宗教，在于每个妇人都无私地绝对地忠诚其丈夫，忠诚的含义包括帮他纳妾；每个男人都无私地绝对地忠于其君主、国王或皇帝，无私的含义包括奉献出自己的屁股。每个 M 在密室里大概也是这样忠于自己的 S，这是一种无限雌伏、无限谄媚的精神。清王朝垮台后，不准纳妾也不准打屁股，但这种精神还在，终于在"文革"里达到了顶峰。在五四时期，辜先生被人叫作老怪物，现在却被捧为学贯中西的文化怪杰，重印他的书。我不知道这是为什么——也许，是为了让虐待狂的洋鬼子再来喜欢我们？

* 载于 1996 年第 15 期《三联生活周刊》杂志。

弗洛伊德和受虐狂

我说过，以后写杂文要斯文一些，引经据典。今天要引的经典是弗洛伊德。他老人家说过：从某种意义上说，我们每个人都有点歇斯底里——这真是至理名言！所谓歇斯底里，就是按不下心头一股无明火，行为失范。谁都有这种时候，但自打十年前我把弗洛伊德全集通读了一遍之后，自觉脾气好多了。古人有首咏雪的打油诗曰：夜来北风寒，老天大吐痰。一轮红日出，便是止痰丸——有些人的痰气简直比雪天的老天爷还大。谁能当这枚止痰丸呢？只有弗洛伊德。

年轻时，我在街道工厂当工人。有位师傅常跑到班长那里去说病了，要请假。班长问他有何症状，他说他看天是蓝色，看地是土色，蹲在厕所里任什么都不想吃。当然，他是在装骚鞑子。看天土色看地蓝色，蹲在臭烘烘茅坑上食欲大开，那才叫作有病——在这些小问题上，很容易取得共识，但大问题就很难说了。举例来说，法国人在《马赛曲》里唱道：不自由毋宁死。这话有人是不同意的。不信你就找本辜鸿铭的书来看看，里面大谈所谓良民宗教，简直就是在高唱：若自由毋宁死。《独立宣言》里说：我们认为，人人生而平等。这话是讲给英国皇上听的，表明了平民的尊严。这话孟夫子一定反对，他说过：无君无父，是禽兽也——这又简直是宣布说，平民不该有自己的尊严。总而言之，个人的体面与尊严、平等、自由等等概念，中国的传统文化里是没有的，有的全是些相反的东西。我是很爱国的，这体现在：我希望伏尔泰、杰弗逊的文章能归到辜鸿铭的名下，而把辜鸿铭的文章栽给洋鬼子。假如这是事实的话，我会感到幸福得多。

有时候我想：假如"大跃进""文化革命"这些事，不是发生在中国，而是发生在外国，该有多好。这些想法很不体面，但还不能说是有痰气。有些坏事发生在了中国，我们就说它好，有些鬼话是中国人说的，我们就说它有理，这种做法就叫作有痰气。有些年轻人把这些有痰气的想法写成书，他本人倒不见得是真有痰气，不过是哗众取宠罢了。一种普遍存在的事态比这要命得多。举例来说，很多中年人因为"文革"中上山下乡虚耗了青春，这本是种巨大的痛苦；但他们却觉得很幸福，还说：青春无悔！再比方说，古往今来的中国人总在权势面前屈膝，毁掉了自己的尊严，也毁掉了自己的聪明才智。这本是种痛苦，但又有人说：这很幸福！

久而久之，搞到了是非难辨，香臭不知的地步……这就是我们嗓子里噎着的痰。扯完了这些，就可以来谈谈我的典故。

众所周知，有一种人，起码是在表面上，不喜欢快乐，而喜欢痛苦，不喜欢体面和尊严，喜欢奴役与屈辱，这就是受虐狂。弗洛伊德对受虐狂的成因有这样一种解释：人若落入一种无法摆脱的痛苦之中，到了难以承受的地步，就会把这种痛苦看作是幸福，用这种方式来寻求解脱——这样一来，他的价值观就被逆转过来了。当然，这种过程因人而异。有些人是不会被逆转的。比方说我罢，在痛苦的重压下，会有些不体面的想法，但还不会被逆转。另有一些人不仅被逆转，而且还有了痰气，一听到别人说自由、体面、尊严等等是好的，马上就怒火万丈，这就有点不对头了，世界上哪有这样气焰万丈的受虐狂？你就是真有这种毛病，也不要这个样子嘛。

* 载于 1997 年第 4 期《华人文化世界》杂志，题为"引证弗洛伊德"。

对中国文化的布罗代尔式考证

萧伯纳是个爱尔兰人,有一次,人家约他写个剧本来弘扬爱尔兰民族精神,他写了《英国佬的另一个岛》,有个剧中人对爱尔兰人的生活态度做了如下描述:"一辈子都在弄他的那片土,那只猪,结果自己也变成了一块土,一只猪……"不知为什么,我看了这段话,脸上也有点热辣辣。这方面我也有些话要说,萧伯纳的态度很能壮我的胆。

一九七三年,我到山东老家去插队。有关这个小山村,从小我姥姥已经给我讲过很多,她说这是一个四十多户人家的小山村,全村有一百多条驴。我姥姥还说,驴在当地很有用,因为那里地势崎岖不平,耕地多在山上,所以假如要往地里送点什么,或者从地里收获点什么,驴子都是最重要的帮手。但是我到村里时,发现情况有很大的变化,村里不是四十户人,而是一百多户人,驴子一条都不见了。村里人告诉我说,我姥姥讲的是二十年前的老皇历。这么多年以来，人一直在不停地生出来。至于驴子，在学大寨之前还有几条，后来就没有了。没有驴子以后，人就担负起往地里运输的任务，当然不是用背来驮，而是用小车来推。当地那种独轮车载重比小毛驴驮得还要多些，这样人就比驴有了优越性。在所有的任务里，最繁重的是要往地里送粪——其实那种粪里土的成分很大——一车粪大概有三百多斤到四百斤的样子，而地往往在比村子高出二三百米的地方。这就是说，要把二百公斤左右的东西送到八十层楼上，而且早上天刚亮到吃早饭之间就要往返十趟。说实在话，我对这任务的艰巨性估计不足。我以为自己长得人高马大，在此之前又插过三年队，别人能干的事，我也该能干，结果才推了几趟，我就满嘴是胆汁的味道。推了两天，我从城里带来的两双布鞋的后跟都被豁开了，而且小腿上的肌肉总在一刻不停的震颤之中。后来我只好很丢脸地接受了一点照顾，和一些身体不好的人一道在平地上干活。好在当地人没有因此看不起我，他们还说，像我这样初来乍到的人，能把这种工作坚持到三天之上，实在是不容易。就连他们这些干惯了的人都觉得这种工作太过辛苦，能够歇上一两天，都觉得是莫大的幸福。

时隔二十年，我把这件事仔细考虑了一遍，得到的一个结论是这样的：用人来取代驴子往地里送粪，其实很不上算。因为不管人也好，驴也罢，送粪所做的功都是一样多，我们（人和驴）都需要能量补充，人必须要吃粮食，而驴子可以吃草；草和粮的价值大不相同。事实上，一个人在干推粪这种活和干别的活时相比，食量将有一个很可观的增长，这就导致了粮食不够吃，所以不得不吃下一大批白薯干。白薯干比之正经粮食便宜了很多，但在集市上也要卖到两毛钱一斤；而在集市上，最好的草（可以苫房顶）是三分钱一斤，一般做饲料的草顶多值两分钱。我不认为自己在吃下一斤白薯干之后，可以和吃了十斤干草的驴比赛负重，而且白薯干还异常难吃，噎人，难消化，容易导致胃溃疡；而驴在吃草时肯定不会遇到同样的困难。在此必须强调指出，此种白薯干是生着切片晾的，假设是煮熟了晾出的那种甜甜的东西，就绝不止两毛钱一斤。有关白薯干的情况，还可以补充几句，它一进到了食道里就会往上蹿，不管你把它做成发糕还是面条，只要不用大量的粮食来冲淡，都有同等的效果。因此我曾设想改进一下进食的方式，拿着大顶来吃饭，这样它往上一蹿就正好进到胃里，省得我痛苦地向下咽，但是我没有试验过，我怕被别人看到后难以解释。白薯干原来是猪的口粮，这种可怜的动物后来就改吃人屙的屎。据我在厕所兼猪圈里的观察，它们一遇到吃薯干屙出的屎，就表现出愤怒之状，这曾使我在出恭时良心大感痛苦——这个话题就说到这里为止。由此可见，我姥姥在村里时，四十户人家、一百多条驴是符合经济规律的。当然，我在村里时，一百多户人家没有驴，也符合经济规律。前者符合省钱的规律，后者符合就业的规律。只有"一百户人家加一百条驴"不符合经济规律，因为没有那么多的事来做。于是，驴子就消失了。有关这件事，可以举出一件恰当的反例：在英国产业革命前夕，有过一次圈地运动，英国农民认为这是"羊吃人"；而在我的老家则是人吃驴，而且是货真价实的吃。村里人说，有一阵子老是吃驴肉，但我去晚了没赶上，只赶上了吃白薯干。当然，在这场人和驴的生存竞争中，我当时坚定地站在人这一方，认为人有吃掉驴子的权利。

最近我读到布罗代尔先生的《十五至十八世纪的物质文明、经济和资本主义》，才发现这种生存竞争不光是在我老家存在，也不限于在人和驴之间，更不限于本世纪七十年代，它是一种广泛存在的历史事实。十六世纪到中国来的传教士就发现，与西欧相比，中国的役畜非常少，对水力和风力的利用也不充分。这就是说，此种生存竞争不光在人畜之间存在，还存在于人与浩浩洋洋的自然力之间。这次我就不能再站在人的立场上反对水和风了，因为这种对手过于低级，胜之不武。而且我以为，中国的文化传统里，大概是有点问题。众所周知，我们国家的传统文化是一种人本的文化，但是它和西方近代的人本主义完全不同。在我们的文化里，只认为生命是好的，却没把快乐啦、幸福啦、生存状态之类的事定义在内；故而就认为，只要大家都能活着就好，不管他们活得多么糟糕。由此导致了一种古怪的生存竞争，和风力、水力比赛推动磨盘，和牲口比赛运输——而且是比赛一种负面的能力，比赛谁更不知劳苦，更不贪图安逸！

中国史学界没有个年鉴学派,没有人考证一下历史上的物质生活,这实在是一种遗憾——布罗代尔对中国物质生活的描述还是不够详尽——这件事其实很有研究的必要。在中国人口稠密的地带,根本就见不到风车、水车,这种东西只在边远地方有。我们村里有盘碾子,原来是用驴子拉的,驴没了以后改用人来推。驴拉碾时需要把眼蒙住,以防它头晕。人推时不蒙眼,因为大家觉得这像一头驴,不好意思。其实人也会晕。我的切身体会是:人只有两条腿,因为这种令人遗憾的事实,所以晕起来站都站不住。我还听到过一个真实的故事,陈永贵大叔在大寨曾和一头驴子比赛负重,驴子摔倒,永贵大叔赢了。我认为,那头驴多半是个小毛驴,而非关中大叫驴。后一种驴子体态壮硕,恐非人类所能匹敌——不管是哪一种驴,这都是一个伟大的胜利,证明了就是不借助手推车,人也比驴强。我认识的一位中学老师曾经用客观的态度给学生讲过这个故事(未加褒贬),结果在"文化革命"里被斗得要死。这最后一件事多少暗示出中国为什么没有年鉴学派。假如布罗代尔是中国人,写了一本有关中国农村物质生活的书,人和驴比赛负重的故事他是一定要引用的,白纸黑字写了出来,"文化革命"这一关他绝过不去。虽然没有年鉴学派那样缜密的考证,但我也得出了结论:在现代物质文明的影响到来之前,在物质生活方面有这么一种倾向,不是人来驾驭自然力、兽力,而是以人力取代自然力、兽力;这就要求人能够吃苦耐劳、本分。当然,这种要求和传统文化对人的教诲甚是合拍，不过孰因孰果很难说明白。我认为自己在插队时遭遇的一切，是传统社会物质文明发展规律走到极端所致。

在人与兽、人与自然力的竞争中，人这一方的先天条件并不好。如前所述，我们不像驴子那样有四条腿、可以吃草，也不像风和水那样浑然无觉，不知疲倦。好在人还有一种强大的武器，那就是他的智能、他的思索能力。假如把它对准自然界，也许人就能过得好一点。但是我们把枪口对准了自己，发明了种种消极的伦理道德，其中就包括了吃大苦、耐大劳，"存天理、灭人欲"；而苦和累这两种东西，正如莎翁笔下的爱情，你吃下的越多，它就越有，"所以两者都是无穷无尽的了！"（引自《罗密欧与朱丽叶》）

这篇文章写到了这里，到了得出结论的时候了。我认为中国文化对于物质生活的困苦，提倡了一种消极忍耐的态度，不提倡用脑子想，提倡用肩膀扛；结果不但是人，连驴和猪都深受其害。假设一切现实生活中的不满意、不方便，都能成为严重的问题，使大家十分关注，恐怕也不至于搞成这个样子，因为我们毕竟是些聪明人。虽然中国人是如此的聪明，但是布罗代尔对十七世纪中国的物质生活（包括北京城里有多少人靠拣破烂为生）做了一番描述之后下结论道：在这一切的背后，"潜在的贫困无处不在"。我们的祖先怎么感觉不出来？我的结论是：大概是觉得那么活着就不坏罢。

跳出手掌心

近来读了C.P.斯诺的《两种文化》。这本书里谈到的事倒是不新鲜，比方说，斯诺先生把知识分子分成了科学知识分子和文学（人文）知识分子两类，而且说，有两种文化，一种是科学文化，一种是文学（人文）文化。现在的每个知识分子，他的事业必定在其中一种之中。

我要谈到的事，其实与斯诺先生的书只有一点关系，那就是，我以为，把两种文化合在一起，就是人类前途所系。这么说还不大准确，实际上，是创造了这两种文化的活动——人类的思索，才真正是人类前途之所系。尤瑟纳尔女士借阿德里安之口云，当一个人写作或计算时，就超越了性别，甚至超越了人类——当你写作和计算时，就是在思索。思索是人类的前途所系，故此，思索的人，超越了现世的人类。这句话讲得是非常之好的，只是讲得过于简单。实际上，并不是每一种写作或计算都可以超越人类。

这种情况并不多见，但是非常的重要。

现在我又想起了另一件事，乍看上去离题甚远：八十年代，美国通过了一个计划，拨出几百亿美元的资金，要在最短时间之内攻克癌症，结果却不令人满意。有些人甚至说该计划贻人笑柄，因为花了那么多钱，也没找出一种特效疗法。这件事说明，有了使不尽的钱，也不见得能做出突破性的发现。实际上，人类历史上任何一种天才的发现都不是金钱直接作用的结果。金钱、权力，这在现世上是最重要的东西，是人类生活的一面，但还有另一面。说到天才的发现，我们就要谈到天才、灵感、福至心灵、灵机一动等等，绝不会说它们是某些人有了钱、升了官，一高兴想出来的。我要说的就是：沉默地思索，是人类生活的另外一面。就以攻克癌症为例，科学家默默地想科学、做科学，不定哪一天就做出一个发现，彻底解决了这个问题。但是，如果要约定一个期限，则不管你给多少钱也未必能成功。对于现代科技来说，资金设备等等固然重要，但天才的思想依然是最主要的动力。一种发现或发明可以赚到很多钱，但有了钱也未必能造出所要的发明。思索是一道大门，通向现世上没有的东西，通到现在人类想不到的地方。以科学为例，这个道理就是明明白白的。

科学知识分子很容易把自己的工作看作超越人类的事业，但人文知识分子就很难想到这一点。就以文学艺术为例，我们这里要求它面向社会、面向生活，甚至要求它对现世的人有益，弘扬民族文化等等，这样就越说越小了。诚然，文学艺术等等，要为现世的人所欣赏，但也不仅限于此。莎士比亚的戏现在还在演，将来也要演。你从莎翁在世时的英国的角度出发，绝想象不到会有这样的事。自然科学的成果，有一些现在的人类已经用上了，但据我所知，没用上的还很多。倘若你把没用上的通通取消，科学就不成其为科学。我上大学时，有一次我的数学教授在课堂上讲到：我现在所教的数学，你们也许一生都用不到，但我还要教，因为这些知识是好的，应该让你们知道。这位老师的胸襟之高远，使我终身佩服。我还要说，像这样的胸襟，在中国人文知识分子中间很少见到。

倘若我说，科学知识分子比人文知识分子人品高尚，肯定是不对的。科学知识分子里也有卑鄙之徒，比方说，前苏联的李森科。但我未听到谁对他的学说说过什么太难听的话，更没有听到谁做过这样细致的分析：李森科学说中某个谬误，和他的卑鄙内心的某一块是紧密相连的。倘若李森科不值得尊敬，李森科所从事的事业——生物学——依旧值得尊重。在科学上，有错误的学说，没有卑鄙的学说；就是李森科这样卑鄙的人为生物学所做的工作也不能说是卑鄙的行径。这样的道德标准显然不能适用于现在中国的艺术论坛，不信你就看看别人是怎样评论贾平凹先生的《废都》的。很显然，现在在中国，文学不是一种超越现世，超越人类的事业。我们评论它的标准，和三姑六婆评价身边发生的琐事的标准，没有什么不同。贾先生写了一部《废都》，就如某位大嫂穿了旗袍出门；我们不但要说衣服不好看，还要想想她的动机是什么，是不是想要勾引谁。另外哪位先生或女士写了什么好书，称赞他的话必是功在世道人心；就如称赞哪位女士相夫教子，孝敬公婆是一样的。当然，假如我说现在中国对文艺只有这样一种标准，那就是恶毒的诽谤。杜拉斯的《情人》问世不久，一下就出了四种译本（包括台湾的译本），电影《辛德勒的名单》国内尚未见到，好评就不绝于耳。我们说，这些将是传世之作，那就不是用现世的标准、道德的标准来评判的。这种标准从来不用之于中国人。由此得到一个结论，那就是在文学艺术的领域，外国人可以做超越人类的事业，中国人却不能。

在文学艺术及其他人文的领域之内，国人的确是在使用一种双重标准，那就是对外国人的作品，用艺术或科学的标准来审评；而对中国人的作品，则用道德的标准来审评。这种想法的背后，是把外国人当成另外一个物种，这样对他们的成就就能客观地评价；对本国人则当作同种，只有主观的评价，因此我们的文化事业最主要的内容不是它的成就，而是它的界限；此种界限为大家所认同，谁敢越界就要被群起而攻之。当年孟子如此来评价杨朱和墨子："无君无父，是禽兽也。"现在我们则如此评价《废都》和一些在国外获奖的电影。这些作品好不好可以另论，总不能说人家的工作是"禽兽行"，或者是"崇洋媚外"。身为一个中国人，最大的痛苦是忍受别人"推己及人"的次数，比世界上任何地方的人都要多。我要说的不是自己不喜欢做中国人（这是我最喜欢的事），我要说的是，这对文化事业的发展很是不利。

我认为，当我们认真地评价艺术时，所用的标准和科学上的标准有共通之处，那就是不依据现世的利害得失，只论其对不对（科学），美不美（艺术）。此种标准我称为智慧的标准。假设有一种人类之外的智能生物，我们当然期望它们除了理解人类在科学上的成就之外，还能理解人类在艺术上的成就，故此，智慧就超越了人类。有些人会以为人类之外的东西能欣赏人类的艺术是不可能的，那么我敢和你打赌，此种生物在读到尤瑟纳尔女士的书时，读到某一句必会击节赞赏，对人类拥有的胸襟做出肯定；至于它能不能欣赏《红楼梦》，我倒不敢赌。但我敢断言，这种标准是存在的。从这种标准来看，人类侥幸拥有了智慧，就该善用它，成就种种事业，其中就包括了文学艺术在内。用这样的标准来度量，小说家力图写出一本前所未有的书，正如科学家力图做出发现，是值得赞美的事。当然，还有别的标准，那就是念念不忘自己是个人，家住某某胡同某某号，周围有三姑六婆，应该循规蹈矩地过一生，倘有余力，就该发大财，当大官，让别人说你好。这后一种标准是个人幸福之所系，自然不可忘记，但作为一个现代知识分子，前一种标准也该记住一些。

一个知识分子在面对文化遗产时，必定会觉得它浩浩洋洋，仰之弥高。这些东西是数千年来人类智慧的积累,当然是值得尊重的。不过,我以为它的来源更值得尊重,那就是活着的人们所拥有的智慧。这种东西就如一汪活水,所有的文化遗产都是它的沉积物。这些活水之中的一小份可以存在于你我的脑子里,照我看来,这是世界上最美好的事情。保存在文化遗产里的智慧让人尊敬,而活人头脑里的智慧更让人抱有无限的期望。我喜欢看到人们取得各种成就,尤其是喜欢看到现在的中国人取得任何一种成就。智慧永远指向虚无之境,从虚无中生出知识和美;而不是死死盯住现时、现事和现在的人。我认为,把智慧的范围限定在某个小圈子里,换言之,限定在一时、一地、一些人、一种文化传统这样一种界限之内是不对的;因为假如智慧是为了产生、生产或发现现在没有的东西,那么前述的界限就不应当存在。不幸的是,中国最重大的文化遗产,正是这样一种界限,就像如来佛的手掌一样,谁也跳不出来;而现代的主流文化却诞生在西方。

在中国做知识分子,有一种传统的模式,可能是孔孟,也可能是程朱传下来的,那就是自己先去做个循规蹈矩的人,做出了模样,做出了乐趣,再去管别人。我小的时候,从小学到中学,班上都有这样的好同学,背着手听讲,当上了小班长,再去管别人。现在也是这样,先是好好地求学,当了知名理论家、批评家,再去匡正世道人心。当然,这是做人的诀窍。做个知识分子,似乎稍嫌不够;除了把世道和人心匡得正正的,还该干点别的。由这样的模式，自然会产生一种学堂式的气氛，先是求学，受教，攒到了一定程度，就来教别人、管别人。如此一种学堂开办数千年来，总是同一些知识在其中循环，并未产生一种面向未来、超越人类的文化——谁要骂我是民族虚无主义，就骂好了，反正我从小就不是好同学——只产生了一个极沉重的传统；无数的聪明才智被白白消磨掉。倘若说到世道人心，我承认没有比中国文化更好的传统——所以我们这里就永远只有世道人心，有不了别的。

总之，说到知识分子的职责，我认为还有一种传统可循：那就是面向未来，取得成就。古往今来的一切大智者无不是这样做的。这两种知识分子的形象可以这样分界，前一种一世的修为，是要做个如来佛，让别人永世跳不出他的手掌心；后一种是想在一生一世之中，只要能跳出别人的手掌心就满意了。我想说的就是，希望大家都做后一种知识分子，因为不管是谁的手掌心，都太小了。

* 载于1994年第6期《东方》杂志。

迷信与邪门书

我家里有各种各样的书,有工具书、科学书和文学书,还有戴尼提、气功师一类的书,这些书里所含的信息各有来源。我不愿指出书名,但恕我直言,有一类书纯属垃圾。这种书里写着种种古怪异常的事情,作者还一口咬定都是真的,据说这叫人体特异功能。

人脑子里有各种各样的东西,有可靠的知识,有不可靠的猜测,还有些东西纯属想入非非。这些东西各有各的用处,我相信这些用处是这样的:一个明理的人,总是把可靠的知识作为根本;也时常想想那些猜测,假如猜测可以验证,就扩大了知识的领域;最后,偶尔他也准许自己想入非非,从怪诞的想象之中,人也能得到一些启迪。当然,人有能力把可信和不可信的东西分开,不会把怪诞的想象当真——但也有例外。

当年我在农村插队,见到村里有位妇女撒癔症,自称狐仙附了体，就是这种例外。时至今日，我也不能证明狐仙鬼怪不存在，我只知道他们不大可能存在，所以狐仙附体不能认定是假，只能说是很不可信。假设我信有狐仙附了我的体，那我是信了一件不可信的事，所以叫撒了癔症。当然，还有别的解释，说那位妇女身上有了"超自然的人体现象"，或者是有了特异功能（自从狐仙附体，那位大嫂着实有异于常人，主要表现在她敢于信口雌黄），自己不会解释，归到了狐仙身上；但我觉得此说不对。在学大寨的年代里，农村的生活既艰苦，又乏味；妇女的生活比男人还要艰苦。假如认定自己不是个女人，而是只狐狸，也许会愉快一些。我对撒癔症的妇女很同情，但不意味着自己也想要当狐狸。因为不管怎么说，这是一种病态。

　　我还知道这样一个例子，我的一位同学的父亲得了癌症，已经到了晚期，食水俱不能下，静脉都已扎硬。就在弥留之际，忽然这位老伯指着顶棚说，那里有张祖传的秘方，可以治他的病。假如找到了那张方子，治好了他的病，自然可以说，临终的痛苦激发了老人家的特异功能，使他透过顶棚纸，看到了那张家传秘方。不幸的是，把顶棚拆了下来也没找到。后来老人终于在痛苦中死去。同学给我讲这件事，我含泪给他解释道：伯父在临终的痛苦之中，开始想入非非，并且信以为真了。

　　我以为，一个人在胸中抹煞可信和不可信的界限，多是因为生活中巨大的压力。走投无路的人就容易迷信，而且是什么都信

（马林诺夫斯基也是这样来解释巫术的）。虽然原因让人同情，但放弃理性总是软弱的行径。我还认为，人体特异功能是件不可信的事，要让我信它，还得给我点压力，别叫我"站着说话不腰疼"。比方说，让我得上癌症，这时有人说，他发点外气就能救我，我就会信；再比方说，让我是个犹太人，被关在奥斯维辛，此时有人说，他可以用意念叫希特勒改变主意，放了我们大家，那我不仅会信，而且会把全部钱物（假如我有的话）都给他，求他意念一动。我现在正在壮年，处境尚佳，自然想循科学和艺术的正途，努力地思索和工作，以求成就；换一种情况就会有变化。在老年、病痛或贫困之中，我也可能相信世界上还有些奇妙的法门，可以呼风唤雨，起死回生。所以我对事出有因的迷信总抱着宽容的态度。只可惜有种情况叫人无法宽容。

在农村还可以看到另一种狐仙附体的人，那就是巫婆神汉。我以为他们不是发癔症，而是装神弄鬼，诈人钱物。如前所述，人在遇到不幸时才迷信，所以他们又是些趁火打劫的恶棍。总的来说，我只知道一个词，可以指称这种人，那就是"人渣"。各种邪门书的作者应该比人渣好些，但凭良心说，我真不知好在哪里。

我以为，知识分子的道德准则应以诚信为根本。假如知识分子也骗人，让大家去信谁？但知识分子里也有人信邪门歪道的东西，这就叫人大惑不解。理科的知识分子绝不敢在自己的领域里胡来，所以在诚信方面记录很好。就是文史学者也不敢编造史料，假造文献。但是有科学的技能，未必有科学素质；有科学的素质，未必有科学的品格。科学家也会五迷三道。当然，我相信他们是被人骗了。老年、疾病和贫困也会困扰科学家，除此之外，科学家只知道什么是真，不知道什么是假，更不谙弄虚作假之道，所以容易被人骗。

小说家是个很特别的例子，他以编故事为主业；既知道何谓真，更知道何谓假。我自己就是小说家，你让我发誓说写出的都是真事，我绝不敢，但我不以为自己可以信口雌黄到处骗人。我编的故事，读者也知道是编的。我总以为写小说是种事业，是种体面的劳动；有别于行骗。你若说利用他人的弱点进行欺诈，干尽人所不齿的行径，可只因为是个小说家，他就是个好人了，我抵死也不信。这是因为虚构文学一道，从荷马到如今，有很好的名声。

我还以为，知识分子应该自尊、敬业。我们是一些堂堂君子，从事着高尚的事业；所有的知识分子都是这样看自己和自己的事业，小说家也不该例外。现在市面上有些书，使我怀疑某人是这么想的：我就是个卑鄙小人，从事着龌龊的事业。假如真有这等事，我只能说：这样想是不好的。

最近，有一批自然科学家签名，要求警惕种种伪科学，此举来得非常及时。《老残游记》上说，中国有"北拳南革"两大祸患。当然，"南革"的说法是对革命者的污蔑，但"北拳"的确是中国的一大隐患。中国人——尤其是社会的下层——有迷信的传统，在社会动荡、生活有压力时,简直就是渴望迷信。此时有人来装神弄鬼,就会一哄而起,造成大的灾难。这种流行性的迷信之所以可怕,在于它会使群众变得不可理喻。这是中国文化传统里最深的隐患。宣传科学,崇尚理性,可以克制这种隐患;宣扬种种不可信的东西,是触发这种隐患。作家应该有社会责任感,不可为一点稿酬,就来为祸人间。

* 载于 1995 年 7 月 12 日《中华读书报》。

科学的美好

我原是学理科的,最早学化学。我学得不坏,老师讲的东西我都懂。化学光懂了不成,还要做实验,做实验我就不行了。用移液管移液体,别人都用橡皮球吸液体,我老用嘴去吸——我知道移液管不能用嘴吸,只是橡皮球经常找不着——吸别的还好,有一回我竟去吸浓氨水,好像吸到了陈年的老尿罐里,此后有半个月嗓子哑掉了。做毕业论文时,我做个萃取实验,烧瓶里盛了一大瓶子氯仿,滚滚沸腾着,按说不该往外跑,但我的装置漏气,一会儿就漏个精光。漏掉了我就去领新的,新的一会儿又漏光。一个星期我漏掉了五大瓶氯仿,漏掉的起码有一小半被我吸了进去。这种东西是种麻醉药,我吸进去的氯仿足以醉死十条大蟒。说也奇怪,我居然站着不倒,只是有点迷糊。在这种情况下,我还把实验做了出来,证明我的化学课学得蛮好。但是老师和同学一致认为我不适合干化学。尤其是和我在一个实验室里做实验的同学更是这样认为,他们也吸进了一些氯仿,远没我吸得多,却都抱怨说头晕。他们还称我为实验室里的人民公敌。我自己也是这样想的:继续干化学,毒死我自己还不要紧,毒死同事就不好了。我对这门科学一直恋恋不舍:学化学的女孩很多,有不少长得很漂亮。

后来我去学数学,在这方面我很有天分。无论是数字运算,还是公式推导,我都像闪电一样快,只是结果不一定全对。人家都说,我做起数学题来像小日本一样疯狂:我们这一代人在银幕上见到的日本人很多,这些人总是头戴战斗帽,挺着刺刀不知死活地冲锋,别人说我做数学题时就是这个模样。学数学的女孩少,长得也一般。但学这门科学我害不到别人,所以我也很喜欢。有一回考试,我看看试题,觉得很容易,就像刮风一样做完了走人。等分数出来,居然考了全班的最低分。找到老师一问,原来那天的试题分为两部分,一半在试题纸的正面,我看到了,也做了。还有一半在反面,我根本就没看见。我赶紧看看这些没做的题,然后说:这些题目我都会做。老师说,知道你会,但是没做也不能给分。他还说什么"就是要整整你这屁股眼大掉了心的人"。这就是胡说八道了。谁也不能大到了这个地步。一门课学到了要挨整的程度,就不如不学。

我现在既不是化学家,也不是数学家,更不是物理学家。我靠写文章为生,与科技绝缘——只是有时弄弄计算机。这个行当我会的不少，从最低等的汇编语言到最新潮的 C++ 全会写，硬件知识也有一些。但从我自己的利益来看，我还不如一点都不会，省得整夜不睡，鼓捣我的电脑，删东加西，最后把整个系统弄垮，手头又没有软件备份。于是，在凌晨五点钟，我在朋友家门前踱来踱去，抽着烟。早起的清洁工都以为我失恋了，这门里住着我失去的恋人，我在表演失魂落魄给她看。其实不是的，电脑死掉了，我什么都干不了，更睡不着觉。好容易等到天大亮了，我就冲进去，向他借软件来恢复系统。——瞎扯了这么多，现在言归正传，我要说的是：我和科学没有缘分，但是我爱科学，甚至比真正的科学家还要爱得多些。

正如罗素先生所说，近代以来，科学建立了一种理性的权威——这种权威和以往任何一种权威不同。科学的道理不同于"夫子曰"，也不同于红头文件。科学家发表的结果，不需要凭借自己的身份来要人相信。你可以拿一支笔、一张纸，或者备几件简单的实验器材，马上就可以验证别人的结论。当然，这是一百年前的事。验证最新的科学成果要麻烦得多，但是这种原则一点都没有改变。科学和人类其他事业完全不同，它是一种平等的事业。真正的科学没有在中国诞生，这是有原因的。这是因为中国的文化传统里没有平等：从打孔孟到如今，讲的全是尊卑有序。上面说了，拿煤球炉子可以炼钢，你敢说要做实验验证吗？你不敢。炼出牛屎一样的东西,也得闭着眼说是好钢。

在这种框架之下，根本就不可能有科学。

科学的美好，还在于它是种自由的事业。它有点像它的一个产物互联网（internet）——谁都没有想建造这样一个全球性的电脑网络，大家只是把各自的网络连通，不知不觉就把它造成了。科学也是这样的，世界上各地的人把自己的发明贡献给了科学，它就诞生了。这就是科学的实质。还有一样东西也是这么诞生的，那就是市场经济。做生意的方法，你发明一些，我发明一些，慢慢地形成了现在这个东西，你看它不怎么样，但它还无可替代。一种自由发展而成的事业，总是比个人能想出来的强大得多。参与自由的事业，像做自由的人一样，令人神往。当然，扯到这里就离了题。现在总听到有人说，要有个某某学，或者说，我们要创建有民族风格的某某学，仿佛经他这么一规划、一呼吁，在他画出的框子里就会冒出一种真正的科学。老母鸡"格格"地叫一阵，挣红了脸，就能生一个蛋，但科学不会这样产生。人会情绪激动，又会爱慕虚荣。科学没有这些毛病，对人的这些毛病，它也不予回应。最重要的是：科学就是它自己，不在任何人的管辖之内。

对于科学的好处，我已经费尽心机阐述了一番，当然不可能说得全面。其实我最想说的是：科学是人创造的事业，但它比人类本身更为美好。我的老师说过，科学对中国人来说，是种外来的东西，所以我们对它的理解，有过种种偏差：始则惊为洪水猛兽，继而当巫术去理解，再后来把它看作一种宗教，拜倒在它的面前。他说这些理解都是不对的，科学是个不断学习的过程。我老师说得很对。我能补充的只是：除了学习科学已有的内容，还要学习它所有、我们所无的素质。我现在不学科学了，但我始终在学习这些素质。这就是说，人要爱平等、爱自由，人类开创的一切事业中，科学最有成就，就是因为有这两样做根基。对个人而言，没有这两样东西，不仅谈不上成就，而且会活得像一只猪。比这还重要的只有一样，就是要爱智慧。无论是个人，还是民族，做聪明人才有前途，当笨蛋肯定是要倒霉。大概是在一年多以前罢，我写了篇小文章讨论这个问题，论证人爱智慧比当笨蛋好些。结果冒出一位先生把我臭骂一顿，还说我不爱国——真是好没来由！我只是论证一番，又没强逼着你当聪明人。你爱当笨蛋就去当罢，你有这个权利。

* 载于 1997 年第 1 期《金秋科苑》杂志，题为"向科学学习什么"。

科学与邪道

从历史书上看到,在三十年代末的德国,很多科学家开始在学校里讲授他们的德国化学、德国数学、德国物理学。有位德国物理学家指出:"有人说科学现在和永远是有国际性的——这是不对的;科学和别的每一项人类创造的东西一样,是有种族性和以血统为条件的。"这话着实有意思。但不知是怎么个种族性法。化学和数学的种族性我没查到,有关物理学的种族性,人家是这么解释的:经典物理是由亚利安人创造的,牛顿、伽利略等等,都是亚利安人,而且大多是北欧血统,所以这门科学是好的。至于现代物理学,都是犹太人搞出来的,所以是邪恶的,必须斩尽杀绝。爱因斯坦是犹太人,他和他的相对论是"德国物理"的死敌——纳粹物理学家宣称,谁要是称赞相对论,那就是喜欢犹太人统治世界,并对"德国人永远沦为无生气的奴隶地位"表示高兴。可想而知,爱因斯坦要是落到德国人手里,肯定没有好。他也知道这一点，所以早早逃到美国去，保住了一条命。德国数学和化学的内容是什么，我不确切知道，但知道它肯定会让纳粹科学家特别开心，让犹太科学家特别不开心——因为一般来说，挨骂总是不开心的事情。

过去，在生物学领域里，遗传学曾被认为是资产阶级的邪说，所以就有种无产阶级的生物学——这就是李森科的神圣学派。这种学说我上学时听过一耳朵，好像还有些道理，但不知为什么一定要和遗传学过不去。这股邪风是从前苏联传过来的，老大哥教给我们些好的东西，也教了些邪的歪的。身在那个时代，不会遗传学的人会很高兴，但也有人不高兴。我有位老师，年轻时对现代语言学很有兴趣，常借些新的英文书刊来看。后来有人给他打个招呼说：你这样下去很危险，会滑进资产阶级的泥坑；我们的语言学要以一位苏联伟人论语言学问题的小册子为神圣的根基——而你正在背离这个根基。我老师听了很害怕，后来就进了精神病院。他告诉我说，自己是装疯避祸，但我总觉得他是真被吓疯了，因为他讲起这件事来总带着一股胆战心惊的样子。这位老师后来贫困潦倒、提心吊胆，再后来虽然用不着提心吊胆，但大好年华已过。他对这些事当然很不开心。

我说的都是过去的事情，现在已经好多了。相对论、遗传学，还有社会学和人类学，都不再是邪恶的学问，我们可以放心地学习了。但有些事情我们还是不明白——如果只是外行来摧残科学，我们还可以理解，真正能在科学领域内兴风作浪的，都是懂点科学的人。那些德国和前苏联的学者们，干嘛要分裂科学，把它搞褊狭呢？有些史实可以帮助解释这个疑问：从一九〇五年到一九三一年，有十位德国犹太人，因为在科学上做出贡献得到了诺贝尔奖金，这对某些以纯亚利安血统而自豪的德国科学家来说，未免太多了些。近现代科学取得了很多成就，这些成就大多不是诞生在俄国，难免让俄国科学家气不顺。因此就想把别人的成就贬低，甚至抹煞掉，对自己的成就则夸大，甚至无中生有；以此来证明种族或者这方土地有很大的优越性。中国血统的科学家成就也不少，诺贝尔物理奖、化学奖通通拿到了，虽然他们是美籍，但愿我们能以此为荣。有件事正在使我忧虑：中国人和德国人不同。中国人对证明自己的种族优越从来就不很在意的，他们真正在意的是想要证明自己传统文化的优越性。

最近我们听说，从儒家道家、阴阳五行、周易八卦等等之中，即将产生震惊世界的科学成就。前不久我在电视上和一位作家辩论，他告诉我说，有位深谙此道的老者，不用抹胶水，脑门上能贴一叠子钢镚。这件事无论是爱因斯坦还是玻尔都做不到，看来我们的诺贝尔奖又有门了。但我想来想去，怎么也想象不出瑞典科学院的秘书会这样向世界宣布：女士们先生们，这位获奖的科学家能在脑门上贴一大叠钢镚。这是了不起的本领，但诺贝尔奖总不能奖给一个很粘糊的脑门罢。作家这样瞎说还不要紧，科学

179

家也有信这个的。像这样的学问搞了出来,外国人不信怎么办呢?到那时又该说:科学和人类创造的一切东西一样,是以文化和生活方式特异性为基础的。以此为基础,划分出中国的科学,这是好的。还有外国的科学,那是邪恶的,通通都要批倒批臭。中国数学、中国物理和中国化学,都不用特别发明出来,老祖宗都替我们发明好了:中国物理是阴阳,中国化学是五行,中国数学是八卦。到了那时,我们又退回到中世纪去了。

* 载于1997年第2期《金秋科苑》杂志。

对待知识的态度

我年轻时当过知青。当时没有什么知识，就被当作知识分子送到乡下去插队。插队的生活很艰苦，白天要下地干活，天黑以后，插友要玩，打扑克，下象棋。我当然都参加——这些事你不参加，就会被看作怪人。玩到夜里十一二点，别人都累了，睡了，我还不睡，还要看一会儿书，有时还要做几道几何题。假如同屋的人反对我点灯，我就到外面去看书。我插队的地方地处北回归线上，海拔两千四百米。夜里月亮像个大银盆一样耀眼，在月光下完全可以看书——当然，看久了眼睛有点发花——时隔二十多年，当时的情景历历在目。

如今，我早已过了不惑之年。旧事重提，不是为了夸耀自己是如何的自幼有志于学。现在的高中生为了考大学，一样也在熬灯头，甚至比我当年熬得还要苦。我举自己作为例子，是为了说明知识本身是多么的诱人。当年文化知识不能成为饭碗，也不能夸耀于人，但有一些青年对它还是有兴趣，这说明学习本身就可成为一种生活方式。学习文史知识目的在于"温故"，有文史修养的人生活在从过去到现代一个漫长的时间段里。学习科学知识目的在于"知新"，有科学知识的人可以预见将来，他生活在从现在到广阔无垠的未来。假如你什么都不学习，那就只能生活在现时现世的一个小圈子里，狭窄得很。为了说明这一点，让我来举个例子。

在欧洲的内卡河畔，有座美丽的城市。在河的一岸是历史悠久的大学城。这座大学的历史，在全世界好像是排第三位——单是这所学校，本身就有无穷无尽的故事。另一岸陡峭的山坡上，矗立着一座城堡的废墟，宫墙上还有炸药炸开的大窟窿。照我这样一说很是没劲，但你若去问一个海德堡人，他就会告诉你，二百年前法国大军来进攻这座宫堡的情景：法军的掷弹兵如何攻下了外层工事，工兵又是怎样开始爆破——在这片山坡上，何处是炮阵地，何处是指挥所，何处储粮，何处屯兵。这个二百年前的古战场依然保持着旧貌，硝烟弥漫——有文化的海德堡人绝不只是活在现代，而是活在几百年的历史里。

与此相仿，小时候我住在北京的旧城墙下。假如那城墙还在，我就能指着它告诉你：庚子年间，八国联军克天津，破廊坊，直逼北京城下。当时城里朝野陷于权力斗争之中，偌大一个京城竟无人去守……此时有位名不见经传的营官不等待命令，挺身而出，率健锐营"霆字队"的区区百人，手持新式快枪，登上了左安门一带的城墙，把联军前锋阻于城下，前后有一个多时辰。此人是一个英雄。像这样的英雄，正史上从无记载，我是从野史上看到的。有关北京的城墙，当年到过北京的联军军官写道：这是世界上最伟大的防御工事。它绵延数十里，是一座人造的山脊。对于一个知道历史的中国人来说，他也不会只活在现在。历史，它可不只是尔虞我诈的宫廷斗争……

作为一个理工科出身的人，其实我更该谈谈科学，说说它如何使我们知道未来。打个比方来说，我上大学时，学了点计算机方面的知识，今天回想起来，都变成了老掉牙的东西。这门科学一日一变，越变越有趣，这种进步真叫人舍不得变老，更舍不得死……学习科学技术，使人对正在发展的东西有兴趣。但我恐怕说这些太过专业，所以就到此为止。现在的年轻人大概常听人说，人有知识就会变聪明，会活得更好，不受人欺。这话虽不错，但也有偏差。知识另有一种作用，它可以使你生活在过去、未来和现在，使你的生活变得更充实、更有趣。这其中另有一种境界，非无知的人可解。不管有没有直接的好处，都应该学习——持这种态度来求知更可取。大概是因为我曾独自一人度过了求知非法的长夜，所以才有这种想法……当然，我这些说明也未必能服人。反对我的人会说，就算你说的属实，但我就愿意只生活在现时现世！我就愿意得些能见得到的好处！有用的我学，没用的我不学，你能奈我何？……假如执意这样放纵自己，也就难以说服。罗素曾经说：对于人来说，不加检点的生活，确实不值得一过。他的本意恰恰是劝人不要放弃求知这一善行。抱着封闭的态度来生活，活着真的没什么意思。

* 载于 1996 年第 6 期《辽宁青年》杂志。

生命科学与骗术

我的前半生和科学有缘，有时学习科学，有时做科学工作，但从未想到有一天自己会充当科学的辩护士，在各种江湖骗子面前维护它的名声——这使我感到莫大的荣幸。身为一个中国人，由于有独特的历史背景，很难理解科学是什么。我在匹兹堡大学的老师许倬云教授曾说，中国人先把科学当作洪水猛兽，后把它当作呼风唤雨的巫术，直到现在，多数学习科学的人还把它看成宗教来顶礼膜拜；而他自己终于体会到，科学是个不断学习的过程。但是，这种体会过于深奥，对大多数中国人不适用。在大多数中国人看来，科学有移山倒海的威力，是某种叫作"科学家"的人发明出的、我们所不懂的古怪门道。基于这种理解，中国人很容易相信一切古怪门道都是科学；其中就包括了可以呼风唤雨的气功和让药片穿过塑料瓶的特异功能。我当然要说，这些都不是科学。要把这些说明白并不容易——对不懂科学的人说明什么是科学，就像要对三岁孩子说明什么是性一样，难以启齿。

物理学家维纳曾说，在理论上人可以通过一根电线来传输；既然如此，你怎么能肯定地说药片不可能穿过药瓶？爱因斯坦说，假如一个车厢以极高的速度运动，其中的时间就会变慢；既然如此，三国时的徐庶为什么就不能还在人间？答案是：维纳、爱因斯坦说话，不该让外行人听见。我还听说有位山里人进城，看到城里的电灯，就买个灯泡回家，把它用皮绳吊起来，然后指着它破口大骂："妈的，你为什么不亮！"很显然，城里人点电灯，也不该让山里人看到。现在的情况是：人家听也听到了，看也看到了；我们负有解释之责。我的解释是这样的：科学对于公众来说，确实犯下了过于深奥的罪孽。虽然如此，科学仍然是理性的产物。它是世界上最老实、最本分的东西，而气功呼风唤雨、药片穿瓶子，就不那么老实。

大贤罗素曾说，近代以来，科学建立了权威。这种权威和以往一切权威都不同，它是一种理性的权威，或者说，它不是一种真正的权威。科学所说的一切，你都不必问它是从谁嘴里说出来的，那人可不可信，因为你可以用纸笔或者实验来验证。虽然不是每个人都有验证数学定理的修养，更不见得拥有实验室，但也不出大格——数学修养可以学出来，实验设备也可以置办。数学家证明了什么，总要把自己的证明写给人看；物理学家做出了什么，也要写出实验条件和过程。总而言之，科学家声称自己发明、发现了什么，都要主动接受别人的审查。

我们知道，司法上有无罪推定一说，要认定一个人有罪，先假设他是无罪的，用证据来否定这个假设。科学上认定一个人的发现，也是从他没发现开始，用证据来说明他确实发现了。敏感的读者会发现，对于个人来说，这后一种认定，是个有罪推定。举例来说，我王某人在此声称自己最终证明了哥德巴赫猜想（我当然不是认真说的！），就等于把自己置于骗子的地位。直到我拿出了证明，才能脱罪。鉴于此事的严重性，我劝读者不要轻易尝试。

假如特异功能如某些作家所言，是什么生命科学大发现的话，在特异功能者拿出足以脱罪的证明之前，把他们称为骗子，显然不是冒犯，因为科学的严肃性就在于此。现在有几位先生努力去证明特异功能有鬼，当然有功于世道，但把游戏玩颠倒了——按照前述科学的规则，我们必须首先推定：特异功能本身就是鬼，那些人就是骗子；直到他们有相反的证据。如果有什么要证明的，也该让他们来证明。

现在来说说科学的证明是什么。它是如此的清楚、明白、可信，绝不以权威压人，也绝不装神弄鬼。按罗素的说法，这种证明会使读者感到，假如我不信他所说的就未免太笨。按维纳所说的条件（他说的条件现在做不到），假如我不相信人可以通过电线传输，那我未免太笨；按爱因斯坦所说的条件（他说的条件现在也做不到），假如我不相信时间会变慢，也未免太笨。这些条件太过深奥，远不是特异功能的术者可以理解的。虽然那些人可能看过些科普读物，但连科普都没看懂。在大家都能理解的条件之下，不但药片不能穿过塑料瓶，而且任何刚性的物体都不可能穿过比自身小的洞而且毫发无损，术者说药片穿过了分子间的缝隙，显然是不要脸了。那些术者的证明，假如有谁想要接受，就未免太笨。如果有人持相反的看法，必然和"骗"字有关：或行骗，或受骗。假如我没有勇气讲这些话，也就不配做科学的弟子。因为我们已经被逼到了这个地步，假如不把这个"骗"字说出来，就只好当笨蛋了。

关心"特异功能"或是"生命科学"的人都知道，像药片穿瓶子、耳朵识字这类的事，有时灵，有时不灵。假如你认真去看，肯定碰上它不灵，而且也说不出什么时候会灵。假如你责怪他们：为什么不把特异功能搞好些再出来表演，就拿他们太当真了。仿此我编个笑话，讲给真正的科学家听：有一位物理学家致电瑞典科学院说：本人发现了简便易行的方法，可以实现受控核聚变，但现在把方法忘掉了。我保证把方法想起来，但什么时候想起来不能保证。在此之前请把诺贝尔物理奖发给我。当然，真正的物理学家不会发这种电报，就算真的出了忘掉方法的事，也只好吃哑巴亏。我们国家的江湖骗子也没发这种电报，是因为他们层次太低。他们根本想不到骗诺贝尔奖，只能想到混吃混喝，或者写几本五迷三道的书，骗点稿费。

按照许倬云教授的意见，中国人在科学面前，很容易失去平常心。科学本身太过深奥，这是原因之一。民族主义是另一个原因。假设特异功能或是生命科学是外国人发明的，到中国来表演，相信此时它已深深淹没在唾液和粘痰的海洋里。众所周知，现代科学发祥于外国，中国人搞科学，是按洋人发明的规则去比赛规定动作。很多人急于发明新东西，为民族争光。在急迫的心情下，就大胆创新，打破常轨，创造奇迹。举例来说，五八年大跃进时就发明了很多东西。其中有一样，上点岁数的都记得：一根铁管，一头拍扁后，做成单簧管的样子，用一片刀片做簧片。他们说，冷水从中通过，就可以变成热水，彻底打破热力学第二定律。这种东西叫作"超声波"，被大量制造，下在澡堂的池子里。据我所见，它除了割破洗澡者的屁股，别无功能；我还见到一个人的脚筋被割断，不知他现在怎样了。"特异功能""生命科学"就是九十年代的"超声波"。"超声波"的发明者是谁，现在已经不可考；但我建议大家记下现在这些名字，同时也建议一切人：为了让自己的儿女有脸做人，尽量不要当骗子。很显然，这种发明创造，丝毫也不能为民族争光，只是给大家丢丑，所以让那些假发明的责任者溜掉有点不公道。我还建议大家时时想到：整个人类是一个物种，科学是全人类的事业，它的成就不能为民族所专有，所以它是全人类的光荣；这样就能有一些平常心。有了平常心，也就不容易被人骗。

我的老师曾说，科学是个不断学习的过程。学习科学，尤其要有平常心。如罗素所言，科学在"不计利害地追求客观真理"。请扪心自问，你所称的科学，是否如此淳朴和善良。尤瑟纳尔女士说："当我计算或写作时，就超越了性别，甚至超越了人类。"请扪心自问，你所称的科学，是否是如此崇高的事业。我用大师们的金玉良言劝某些成年人学好。不用别人说，我也觉得此事有点可笑。

现在到了结束本文的时候，可以谈谈我对所谓"生命科学"的看法了。照我看，这里包含了一些误会。从表面上科学只认理不认人，仿佛它是个开放的领域，谁都能来弄一把；但在实际上，它又是最困难的事业，不是谁都能懂，所以它又最为封闭。从表面上看，科学不断创造奇迹，好像很是神奇，但在实际上，它绝无分毫的神奇之处——如马林诺夫斯基所言，科学是对真正事实的实事求是——它创造的一切，都是本分得来的；其中包含的血汗、眼泪和艰辛，恐非外人所能知道。但这不是说，你只要说有神奇的事存在，就会冒犯到我。我还有些朋友相信基督死了又活过来，这比药片穿瓶更神奇！这是信仰，理当得到尊重。科学没有理由去侵犯合理的宗教信仰。但我们现在见到的是一种远说不上合理的信仰在公然强奸科学——一个弱智、邪恶、半人半兽的家伙，想要奸污智慧女神，它还流着口水、吐着粘液、口齿不清地说道："我配得上她！她和我一样的笨！"——我想说的是：你搞错了。换个名字，到别处去试试罢。

高考经历

一九七八年我去考大学。在此之前，我只上过一年中学，还是十二年前上的，中学的功课或者没有学，或者全忘光。家里人劝我说：你毫无基础，最好还是考文科，免得考不上。但我就是不听，去考了理科，结果考上了。家里人还说，你记忆力好，考文科比较有把握。我的记忆力是不错，一本很厚的书看过以后，里面每个细节都能记得，但是书里的人名地名年代等等，差不多全都记不得。

我对事情实际的一面比较感兴趣：如果你说的是种状态，我马上就能明白是怎样一种情形；如果你说的是种过程，我也马上能理解照你说的，前因如何，后果则会如何。不但能理解，而且能记住。因此，数理化对我来说，还是相对好懂的。最要命的是这类问题：一件事，它有什么样的名分，应该怎样把它纳入名义的体系——或者说，对它该用什么样的提法。众所周知，提法总是要背的。我怕的就是这个。文科的鼻祖孔老夫子说,必也正名乎。我也知道正名重要。但我老觉得把一件事搞懂更重要——我就怕名也正了,言也顺了,事也成了,最后成的是什么事情倒不大明白。我层次很低,也就配去学学理科。

当然,理科也要考一门需要背的课程,这门课几乎要了我的命。我记得当年准备了一道题,叫作十次路线斗争,它完全是我的噩梦。每次斗争都有正确的一方和错误的一方,正确的一方不难回答,错误的一方的代表人物是谁就需要记了。你去问一个基督徒:谁是你的救主?他马上就能答上来:他是我主耶稣啊!我的情况也是这样,这说明我是个好人。若问:请答出著名的十大魔鬼是谁?基督徒未必都能答上来——好人记魔鬼的名字干什么。我也记不住错误路线代表人物的名字,这是因为我不想犯路线错误。但我既然想上大学,就得把这些名字记住。"十次路线斗争"比这里解释的还要难些,因为每次斗争都分别是反左或反右,需要一一记清,弄得我头大如斗。坦白说,临考前一天,我整天举着双手,对着十个手指一一默诵着,总算是记住了所有的左和右。但我光顾了记题上的左右,把真正的左右都忘了,以后总也想不起来。后来在美国开车,我老婆在旁边说:往右拐,或者往左拐;我马上就想到了陈独秀或者王明,弯却拐不过来,把车开到了马路牙子上,把保险杠撞坏。后来改为揪耳朵,情况才有好转,保险杠也不坏了——可恨的是,这道题还没考。一门课就把我考成了这样,假如门门都是这样，肯定能把我考得连自己是谁都忘掉。现在回想起来，幸亏我没去考文科——幸亏我还有这么点自知之明。如果考了的话，要么考不上，要么被考傻掉。

我当年的"考友"里，有志文科的背功都相当了得。有位仁兄准备功课时是这样的：十冬腊月，他穿着件小棉袄，笼着手在外面溜达，弓着个腰，嘴里念念叨叨，看上去像个跳大神的老太婆。你从旁边经过时，叫住他说：来，考你一考。他才把手从袖子里掏出来，袖子里还有高考复习材料，他把这东西递给你。不管你问哪道题，他先告诉你答案在第几页，第几自然段，然后就像炒豆一样背起来，在句尾断下来，告诉你这里是逗号还是句号。当然，他背的一个字都不错，连标点都不会错。这位仁兄最后以优异的成绩考进了一所著名的文科大学——对这种背功，我是真心羡慕的。至于我自己，一背东西就困，那种感觉和煤气中毒以后差不太多。跑到外面去挨冻倒是不困，清水鼻涕却要像开闸一样往下流，看起来甚不雅。我觉得去啃几道数学题倒会好过些。

说到数学，这可是我最没把握的一门课，因为没有学过。其实哪门功课我都没学过，全靠自己瞎琢磨。物理化学还好琢磨，数学可是不能乱猜的。我觉得自己的数学肯定要砸，谁知最后居然还及了格。听说那一年发生了一件怪事：京郊某中学毕业班的学生，数学有人教的，可考试成绩通通是零蛋，连个得零点五分的都没有。把卷子调出来一看，都答得满满的，不是白卷。学生说，这门课听不大懂，老师让他们死记硬背来的。不管怎么说罢，也不该都是零分。后来发现，他们的数学老师也在考大学，数学得分也是零。别人知道了这件事都说：这班学生的背功真是了得。不是吹牛，要是我在那个班里，数学肯定得不了零分——老师让我背的东西，我肯定记不住。既然记不住，一分两分总能得到。

* 载于1997年第11期《三联生活周刊》杂志。

盛装舞步

初入大学的门槛，我发现有个同学和我很相像：我们俩都长得人高马大，都是一副睡不醒的样子，而且都能言善辩。后来发现，他不仅和我同班，而且同宿舍，于是感情就很好。每天吃完了晚饭，我要在校园里散步，他必在路边等我，伸出手臂说：年兄请——这家伙把我叫作年兄，好像我们是同科的进士或者举人。我也说：请。于是就手臂挽着手臂（有点像一对情人），在校园里遛起弯来，一路走，一路高谈阔论。像这个样子在美国是有危险的，有些心胸狭隘的家伙会拿枪来打我们。现在走在上海街头恐怕也不行，但是七十年代末、八十年代初，在北京的一所校园的角落里遛遛，还没什么大问题。当然，有时也有些人跟在我们身后，主要是因为这位年兄博古通今，满肚子都是典故；而我呢，如你所知，能胡编是我吃饭的本事，我们俩聊，听起来蛮有意思的。有些同班同学跟着我们，听我们胡扯——从纪晓岚一路扯到爱因斯坦，这些前辈在天之灵听到我们的谈话内容可能会不高兴。到了期中期末，功课繁忙，大家都去准备考试，没人来听我们胡扯，散步的就剩下我们两个人。

我们俩除了散步，有时还跳跳踢踏舞。严格地说，还不是踢踏舞。此事的起因是：这位年兄曾在内蒙插队，对马儿极有感情，一看到电视上演到马术比赛，尤其是盛装舞步，他马上就如痴如狂。我曾给他出过这样的主意：等放了暑假，你回插队的地方，弄匹马来练练好了。他却说：我们那里只有小个子蒙古马，骑上去它就差不多了，怎忍心让它来跳舞——再说，贫下中牧也不会答应，他们常说：糟蹋马匹的人不得好死。然后，他忽然有了一个重要的发现：啊呀年兄，咱们俩合起来是四条腿，和马的腿一样多嘛！……他建议我们来练习盛装舞步，我也没有不同意见——反正吃饱了要消消食。两条大汉扣着膀子乱跳，是有点古怪，但我们又不是在大街上跳，而是在偏僻小路上跳，所以没有妨碍谁。再说，我们俩都是出了名的特立独行之士，无论是老师，还是学生干部，全都懒得来管我们。后来有一天，有个男同学经过我们练习舞步的地方——记得他是上海人，戴副小眼镜—— 他看了我们一阵，然后冲到我们面前来说：像你们俩这样可不行——不像话。说完就走了。

这位同学走了以后，我们停了一会儿。年兄问道：刚才那个人说了什么？我说：不知道。这个人好像有毛病——咱们怎么办？

年兄说：不理他，接着跳！直到操练完毕，我们才回宿舍拿书，去阅览室晚自习。第二天傍晚，还在老地方，那位小眼镜又来了。他皱着眉头看了我们半天，忽然冲过来说：那件事还没公开化呢！说完就又走了。这回我们连停都懒得停，继续我们的把戏。但不要以为我们是傻子，我知道人家说的那件事是同性恋。很不巧的是，我们俩都是坚定的异性恋者，我的情况尚属一般，年兄不仅是坚定的异性恋，而且还有点骚——见了漂亮女生就两眼放光，口若悬河。当然，同样的话，年兄也可以用来说我。所以实际情况是：说我们俩是同性恋，不仅不正确，而且很离谱。那天晚上那位眼镜看到的，不是同性恋者快乐的舞蹈，而是一匹性情温良的骏马在表演左跨步……文化人类学指出，不同文化、不同价值观的人之间，会发生误解，明明你在做这样一件事，他偏觉得你在做另外的事，这就是件误解的例子。你若说，我们不该引起别人的误会，这也是对的。但我们躲到哪儿，他就追到哪儿，老在一边乱嘀咕。

我和年兄在校园里操练舞步，有人看了觉得很可耻，但我们不理睬他。我猜这个人会记恨我们，甚至在心里用孟夫子的话骂我们："无耻之耻，无耻矣！"我们不理他，是因为他把我们想错了。顺便说一句，孟老夫子的基本方法是推己及人，这个方法是错误的。推己往往及不了人，不管从谁那儿推出我们是同性恋都不对，因为我们不是的。但这不是说，我们拒绝批评。批评只要稍微有点靠谱，我们就听。有一天，我们正在操练舞步，有个女同学从那儿经过，笑了笑说：狗撒尿。然后飘然而去。我们的步法和狗撒尿不完全一样，说实在的，要表演真正的狗撒尿步法，非职业舞蹈家不可，远非我二人的胯骨力所能及；但我们忽然认为，盛装舞步还是用马匹来表演为好。

我早就从大学毕业了，靠写点小文章过生活，不幸的是，还是有人要误解我。比方说，我说人若追求智慧，就能从中得到快乐；就有人来说我是民族虚无主义者——他一点都不懂我在说什么。他还说理性已经崩溃了，一个伟大的、非理性的时代就要降临。如此看来，将来一定满世界都是疯子、傻子。我真是不明白，满世界都是疯子和傻子，这就是民族实在主义吗？既然谁都不明白谁在说些什么，就应该互不答理才对。我在这方面做得不错，我从来不看有痰气的思辨文章（除非点了我的名），以免误解。至于我写的这种幽默文章，也不希望它被有痰气的思辨学者看到。

我看"老三届"

我也是"老三届",本来该念书的年龄,我却到云南挖坑去了。这件事对我有害,尚在其次,还惹得父母为此而忧虑。有人说,知青的父母都要因儿女而减寿,我家的情况就是如此。做父母的总想庇护未成年的儿女,在特殊年代里,无力庇护,就代之以忧虑。身为人子,我为此感到内疚,尤其是先父去世后更是如此。当然,细想起来,罪不在我,但是感情总不能自已。

在上山下乡运动中,两千万知青境遇不同;有人感觉好些,有人感觉坏些。讨论整个"老三届"现象,就该把个人感情撇除在外,有颗平常心。"老三届"的人对此会缺少平常心,这是可以理解的。从历史的角度来看,这件事极不寻常。怎么就落在我们身上,这真叫活见鬼了。人生在什么国度,赶上什么样的年月,都不由自己来决定。所以这件事说到底,还是造化弄人。

上山下乡是件大坏事,对我们全体"老三届"来说,它还是一场飞来的横祸。当然，有个别人可能会从横祸中得益，举例来说，这种特殊的经历可能会有益于写作，但整个事件的性质却不可因此混淆。我们知道，有些盲人眼睛并没有坏，是脑子里的病，假如脑袋受到重击就可能复明；假设有这样一位盲人扶杖爬上楼梯，有个不良少年为了满足自己无聊的幽默感，把他一脚踢了下去，这位盲人因此复了明。但盲人滚下楼梯依然是件惨痛的事，尤其是踢盲人下楼者当然是个下流坏子，绝不能因为该盲人复明就被看成是好人。这是一种简单的逻辑，大意是说，坏事就是坏事，好事就是好事，让我们先言尽于此。至于坏事可不可以变成好事，已经是另一个问题了。

我有一位老师，有先天的残疾，生下来时手心朝下，脚心朝上，不管自己怎么努力，都不能改变手脚的姿态。后来他到美国，在手术台上被人大卸八块又装了起来，勉强可以行走，但又多了些后遗症。他向我坦白说，对自己的这个残疾，他一直没有平常心：我在娘胎里没做过坏事，怎么就这样被生了下来？后来大夫告诉他说，这种病有六百万分之一的发生几率，换言之，他中了个一比六百万的大彩。我老师就此恢复了平常心。他说：所谓造化弄人，不过如此而已，这个彩我认了。他老人家在学术上有极大的成就，客观地说，和残疾是有一点关系的：因为别人玩时他总在用功。但我没听他说过：谢天谢地，我得了这种病！总而言之，在这件事上他是真正地有了平常心。顺便说一句，他从没有坐着轮椅上台"讲用"。我觉得这样较好。对残疾人的最大尊重，就是不把他当残疾人。

坦白地说，身为"老三届"，我也有没有平常心的时候，那就是在云南挖坑时。当时我心里想：妈的！比我们大的可以上大学，我们就该修理地球？真是不公平！这是一类想法，这个想法后来演变成：比我们小的也直接上大学，就我们非得先挖坑后上学，真他妈的不公平。另一类想法是：我将来要当作家，吃些苦可能是大好事，陀思妥耶夫斯基还上过绞首台哪。这个想法后来演变成：现在的年轻人没吃苦，也当不了作家。这两种想法搅在一起，会使人彻底糊涂。现在我出了几本书，但我却以为，后一种想法是没有道理的。假定此说是有理的，想当作家的人就该时常把自己吊起来，想当历史学家的人就该学太史公去掉自己的男根，想当音乐家的人就该买个风镐来家把自己震聋——以便像贝多芬，想当画家的人就该割去自己的耳朵——混充凡高，什么都想当的人就得把什么都去掉，像个梆子，听起来就不是个道理。总的来说，任何"老三届"优越的理论都没有平常心。当然，我也反对任何"老三届"恶劣的说法。"老三届"正在壮年，耳朵和男根齐备，为什么就不如人。在身为"老三届"这件事上，我也有了平常心：不就是荒废了十年学业吗？这个彩老子也认了。现在不过四十来岁，还可以努力嘛。

现在来谈谈那种坏事可以变好事，好事也可以变坏事的说法。

它来源于伟人，在伟大的头脑里是好的，但到了寻常人的头脑里就不起好作用，有时弄得人好赖不知、香臭不知。对我来说，好就是好，坏就是坏，这个逻辑很够用。人生在世，会遇到一些好事，还会遇上些坏事。好事我承受得起，坏事也承受得住。就这样坦荡荡做个寻常人也不坏。

本文是对《中国青年研究》第四期上彭泗清先生文章的回应。坦白地说，我对彭先生的文章不满，起先是因为他说了"老三届"的坏话。在我看来，"老三届"现象、"老三届"情结，是我们这茬人没有平常心造成的。人既然不是机器，偶尔失去平衡，应该是可以原谅的。但是仔细想来，"文革"过了快二十年了，人也不能总是没有平常心哪，"老三届"文人的一些自我吹嘘的言论，连我看着都肉麻。让我们先言尽于此：对于彭先生所举"老三届"心态的种种肉麻之处，我是同意的。

然后再说说我对彭先生的不满之处。彭先生对"老三届"的看法是否定的，对此我倒不想争辩，想争的是他讲出的那一番道理。他说"老三届"有种种特殊遭遇，所以他们是些特殊的人；这种特殊的人不怎么高明——这是一种特别糟糕的论调。反过来，说这种特殊的人特别好，也同样的糟。这个论域貌似属于科学，其实属于伦理；它还是一切法西斯和偏执狂的策源地。我老师生出来时脚心朝上，但假如说的不是身体而是心智，就不能说他特殊。"老三届"的遭遇是特别，但我看他们也是些寻常人。对黑人、少数民族、女人，都该做如是观。罗素先生曾说，真正的伦理原则把人人同等看待。我以为这个原则是说，当语及他人时，首先该把他当个寻常人，然后再论他的善恶是非。这不是尊重他，而是尊重"那人"，从最深的意义上说，更是尊重自己——所有的人毕竟属同一物种。人的成就、过失、美德和陋习，都不该用他的特殊来解释。"You are special"，这句话只适于对爱人讲。假如不是这么用，也很肉麻。

* 载于1995年第6期《中国青年研究》杂志，题为"以平常心看'老三届'"。

有关"错误的故事"

一九七七年恢复了高考,但我不信大学可以考进去(以前是推荐的),直到看见有人考进去我才信了。然后我就下定决心也要去考,但"文化革命"前我在上初一,此后整整十年没有上学,除了识字,我差不多什么都不会了。离考期只有六个月,根本就来不及把中学的功课补齐。对于这件事,我是这么想的:补习功课无非是为了走进高考的考场,把考题做对。既然如此,我就不必把教科书从头看到尾。干脆,拿起本习题书直接做题就是了。结果是可想而知:几乎每题必错。然后我再对着正确答案去想:我到底忽略了什么?中学的功课对一个成人的智力来说,并不是什么太难猜的东西。就这样连猜带蒙,想出了很多别人没有教过的东西。乱忙了几个月,最后居然也做对不少题。进了考场,我忽然冷汗直冒,心里没底——到底猜得对不对,这回可要见真佛了。

现在的年轻人看到此处,必然会猜到:那一年我考上了,要不就不会写这篇文章。他们还会说：又在写你们"老三届"过五关斩六将的英雄事迹，真是烦死了。我的确是考上了，但并不觉得有何值得夸耀之处。与此相反,我是怀着内心的痛苦在回忆此事。别人在考场上，看到题目都会做，就会高兴。我看到题目都会做，心里倒发起虚来。每做出一道题，我心里就要嘀咕一番：这个做法是我猜的，到底对不对呢？所有题都做完，我已经愁肠千结，提前半小时交卷，像丧家犬一样溜出考场。考完之后，别人都在谈论自己能得多少分。我却不敢谈论：得一百分和零分都在我预料之内。虽然成绩不坏，但我还是后怕得很，以后再不敢这样学习。那一年的考生里，像我这样的人还不少，但不是每个人都像我这样怀疑自己。有些考友从考场出来时，心情激动地说：题目都做出来了，这回准是一百分！等发榜一看，几乎是零蛋。这不说明别的，只说明他对考试科目的理解彻底不对。

下面一件事是我在海外留学时遇到的。现在的年轻人大可以说，我是在卖弄自己出国留过学。这可不是夸耀，这是又一桩痛苦的经历，虽然发生在别人身上，我却没有丝毫的幸灾乐祸——我上的那所大学的哲学系以科学哲学著称。众所周知，科学哲学以物理为基础，所以哲学系的教授自以为在现代物理方面有很深的修养。忽一日，有位哲学教授自己觉得有了突破性的发现——而且是在理论物理上的发现,高兴之余，发帖子请人去听他的讲座，有关各系的教授和研究生通通都在邀请之列。我也去了，听着倒是蛮振奋的，但又觉得不像是这么回事。听着听着，眼见得听众中有位物理系的教授大模大样，掏出个烟斗抽起烟来。等人家讲完，他把烟斗往凳子腿上一磕，说道："Wrong story（错误的故事）！"就扬长而去。既然谈的是物理，当然以物理教授的意见为准。只见那位哲学教授脸如猪肝色，恨不能一头钻下地去。

现在的年轻人又可以说，我在卖弄自己有各种各样的经历。他们爱说什么就说什么好了。我这一生听过各种"wrong story"，奇怪的是：错得越厉害就越有人信——这都是因为它让人振奋。听得多了，我也算个专家了。有些故事，如"文化革命"中的种种古怪说法，还可以祸国殃民。我要是编这种故事，也可以发大财，但我就是不编。我只是等故事讲完之后，用烟斗敲敲凳子腿，说一声：这种理解彻底不对。

* 载于 1996 年 11 月 8 日《南方周末》。

我怎样做青年的思想工作

我有个外甥,天资聪明,虽然不甚用功,也考进了清华大学——对这件事,我是从他母系的血缘上来解释的,作为他的舅舅之一,我就极聪明。这孩子爱好摇滚音乐,白天上课,晚上弹吉他唱歌,还聚了几个同好,自称是在"排演",但使邻居感到悲愤;这主要是因为他的吉他上有一种名为噪声发生器的设备,可以弹出砸碎铁锅的声音。要说清华的功课,可不是闹着玩的,每逢考期临近,他就要熬夜突击准备功课;这样一来就找不着时间睡觉。几个学期下来,眼见得尖嘴猴腮,两眼乌青,瘦得可以飘起来。他还想毕业后以摇滚音乐为生。不要说他父母觉得灾祸临门,连我都觉得玩摇滚很难成为一种可行的生活方式——除非他学会喝风屙烟的本领。

作为摇滚青年,我外甥也许能找到个在酒吧里周末弹唱的机会,但也挣不着什么钱;假如吵着了酒吧的邻居,或者遇到了要"整顿"什么,还有可能被请去蹲派出所——这种事我听说过。此类青年常在派出所的墙根下蹲成一排,状如在公厕里,和警察同志做轻松之调侃。当然,最后还要家长把他们领出来。这孩子的父母,也就是我的姐姐、姐夫,对这种前景深感忧虑,他们是体面人,丢不起这个脸。所以长辈们常要说他几句,但他不肯听。最不幸的是,我竟是他的楷模之一。我可没蹲过派出所,只不过是个自由撰稿人,但不知为什么,他觉得我的职业和摇滚青年有近似之处,口口声声竟说:舅舅可以理解我!因为这个缘故,不管我愿意不愿意,我都要负起责任,劝我外甥别做摇滚乐手,按他所学的专业去做电气工程师。虽然在家族之内,这事也属思想工作之类。按说该从理想、道德谈起,但因为在甥舅之间,就可以免掉,径直进入主题:"小子,你爸你妈养你不容易。好好把书念完,找个正经工作罢,别让他们操心啦。"回答当然是:他想这样做,但办不到。他热爱自己的音乐。我说:有爱好,这很好。你先挣些钱来把自己养住,再去爱好不迟。摇滚音乐我也不懂,就听过一个《一无所有》。歌是蛮好听的,但就这题目而论,好像不是一种快乐的生活。我外甥马上接上来道:舅舅,何必要快乐呢?痛苦是灵感的源泉哪。前人不是说:没有痛苦,叫什么诗人?——我记得这是莱蒙托夫的诗句。连这话他都知道,事情看来很有点不妙了……

  痛苦是艺术的源泉,这似乎无法辩驳:在舞台上,人们唱的是《黄土高坡》《一无所有》,在银幕上,看到的是《老井》《菊豆》《秋菊打官司》。不但中国,外国也是如此,就说音乐罢,柴可夫斯基《如歌的行板》是千古绝唱,据说素材是俄罗斯民歌"小伊万",那也是人民痛苦的心声。美国女歌星玛瑞·凯瑞,以黑人灵歌的风格演唱,这可是当年黑奴们唱的歌……照此看来,我外甥决心选择一种痛苦的生活方式,以此净化灵魂,达到艺术的高峰,该是正确的了。但我偏说他不正确,因为他是我外甥,我对我姐姐总要有个交待。因此我说:不错,痛苦是艺术的源泉;但也不必是你的痛苦……柴可夫斯基自己可不是小伊万;玛瑞·凯瑞也没在南方的种植园里收过棉花;唱黄土高坡的都打扮得珠光宝气;演秋菊的卸了妆一点都不悲惨,她有的是钱……听说她还想嫁个大款。这种种事实说明了一个真理:别人的痛苦才是你艺术的源泉;而你去受苦,只会成为别人的艺术源泉。因为我外甥是个聪明孩子,他马上就想到了,虽然开掘出艺术的源泉,却不是自己的,这不合算——虽然我自己并不真这么想,但我把外甥说服了。他同意好好念书,毕业以后不搞摇滚,进公司去挣大钱。

取得了这个成功之后,这几天我正在飘飘然,觉得有了一技之长。谁家有不听话的孩子都可以交给我说服,我也准备收点费,除写作之外,开辟个第二职业——职业思想工作者。但本文的目的却不是吹嘘我有这种本领,给自己做广告。而是要说明,思想工作有各种各样的做法。本文所示就是其中的一种：把正面说服和黑色幽默结合起来，马上就开辟了一片新天地……

* 载于1996年第14期《三联生活周刊》杂志，题为"我和摇滚青年"。

写给新的一年（一九九六年）

我们读书、写作——一九九五年就这样过去了。这样提到过去的一年，带点感慨的语调，感叹生活的平淡。过去我们的生活可不是这样平淡。在我们年轻时，每一年的经历都能写成一本书，后来只能写成小册子，再后来变成了薄薄的几页纸。现在就是这样一句话：读书、写作。一方面是因为我们远离了动荡的年代，另一方面，我们也喜欢平淡的生活。对我们来说，这样的生活就够了。

九十年代之初，我们的老师——一位历史学家——这样展望二十一世纪：理想主义的光辉已经暗淡，人类不再抱着崇高的理想，想要摘下天上的星星，而是把注意力放到了现实问题上去，当一切都趋于平淡，人类进入了哀乐中年。我们都不是历史学家，不会用这样宏观的态度来描述世界，但这些话也触动了我们的内心。过去，我们也想到过要摘下天上的星星，而现在我们的生活也趋于平淡。这是不是说,我们也进入了哀乐中年?假设如此,倒是件值得伤心的事。一位法国政治家说过这样一句话:一个人在二十岁时如果不是激进派,那他一辈子都不会有出息;假如他到了三十岁还是个激进派,那他也不会有什么大出息。我们这样理解他的话:一味地勇猛精进,不见得就有造就;相反,在平淡中冷静思索,倒更能解决问题。

很多年轻人会说:平淡的生活哪里有幸福可言。对此,我们倒有不同的意见。罗素先生曾说:真正的幸福来自于建设性的工作。人能从毁灭里得到一些快乐,但这种快乐不能和建设带来的快乐相比。只有建设的快乐才能无穷无尽,毁灭则有它的极限。夸大狂和自恋都不能带来幸福,与此相反,它正是不幸的源泉。我们希望能远离偏执,从建设性和创造性的工作中获取幸福。创造性工作的快乐只有少数人才能获得,而我们恰恰有幸得到了可望获得这种快乐的机会——那就是做一个知识分子。

转眼之间,我们从国外回来已经快八年了。对于当初回国的决定,我们从没有后悔过。这丝毫不说明我们比别人爱国。生活在国内的人,对祖国的感情反倒不像海外学人表现的那么强烈。假如举行爱国主义征文比赛,国内的人倒不一定能够获奖。人生在世,就如一本打开的书,我们更希望这本书的主题始终如一,不希望它在中途改变题目——到外文化中生活,人生的主题就会改变。与此同时,我们也希望生活更加真切,哪怕是变得平淡也罢,这就是我们回国的原因。这是我们的选择，不见得对别人也适用。

假如别人来写这篇文章，可能是从当前的大好形势谈起，我们却在谈内心的感受。你若以为这种谈法层次很低，那也不见得。假如现在形势不大好，我们也不会改变对这个国家的感情。既然如此，就不急着提起。顺便说说，现在国家的形势当然是好的。但从我们的角度看来，假如在社会生活里再多一些理性的态度，再多一些公正和宽容，那就更好了。

随着新年钟声响起，我们都又长了一岁。这正是回顾和总结的时机。对于过去的一年，还有我们在世上生活的这些年，总要有句结束语：虽然人生在世会有种种不如意，但你仍可以在幸福与不幸中做选择。

写给新的一年（一九九七年）

又到了新的一年。一年年的，过得真快。转眼之间四十多年就过去了，真让人不敢相信。在新年来临之际，本来该讲点凑趣的话，但我偏偏想起自己见过的种种古怪事来。我小的时候，大概是六七岁时罢，见过一件有趣的事：当时的成年人都在忙着做一种叫作"超声波"的东西。比我年长的人一定记得更清楚：用一根铁管砸出个扁口来，再在扁口的尖上装上刀片。据说冷水从扁口里冲出来，射在刀片上，就能产生振荡，发出超声波来，而超声波不仅能蒸馒头，更能使冷水变热。假如这超声波能起作用，那么我们肯定不会缺少热水——何止是不会缺少热水，简直是可以解决一切能源问题。那时公共澡堂的浴池里到处埋伏着这种东西，去洗澡时可要小心，一不留神就会把屁股割破，水会因此变红，但也没因此变热——到现在我们洗热水澡还要用煤气来烧，看来这超声波是不起作用的——这也没有什么。奇怪的是这件事就没了下文，再也没人提，好像是我自己梦到了这件东西，就是这件事让我感到奇怪。

另一件事情发生在二十多年前，当时我是个知青，从乡下回来，凌晨赶头一班电车回家。走到胡同口，那儿有家小医院。在曚昽的曙光里，看到好多人在医院门前排队。每个人都挎了个篮子，篮子盛着一只雄起起的大公鸡。当时我以为那家医院已经关了门，把房子让给了禽类加工站，这些人等着加工站的人帮他们宰鸡。谁知不是的，他们在等医院的人把鸡血抽出来，打进他们的血管里。据说打过鸡血之后，人会变得精神百倍，返老还童。排队的人还告诉我说，在所有的动物中，公鸡的精神最旺，天不亮就起来打鸣，所以注射公鸡血会有很神奇的作用——但我不明白起早打鸣有什么了不起，猫头鹰还整夜不睡呢。那一阵子每天早上五点钟我准会被打鸣声吵醒，也不知是鸡打鸣还是人打鸣——假如打鸡血会使人精神旺盛得像只公鸡，可能他也会在五点钟起来打鸣，这样就省了闹钟了。当然，这件事也没了下文，忽然间没人再打鸡血，也没人再提到打鸡血的事，又好像是我在做梦。

假如我不是从六岁起就在做梦，一直梦到了如今，这两件事情就值得在岁末年初时提起：我记得人们一直在发明各种诀窍，企图用它们解决重大的现实问题。用小煤炉子炼钢，用铁管做超声波哨子，用这些古怪的方法解决现代工业才能解决的问题。把鸡血打进血管，每天喝掉好几盆凉开水，早上起来站在路边甩手不休，用这些方法解决现代医学解决不了的问题——既然说到了甩手，就不如多说几句：有一阵子盛传甩手治百病，到处都是站着甩手的人，好像一些不倒翁。可能你也甩过，只是现在不记得了。忽然间就不让甩了，据说有个恶毒的反革命分子发明了这种动作，以此来传达一种恶毒的寓意：让全国人民都甩手不干了……现在最新的诀窍是：假如你得了癌症，不必去医院，找个大气功师来，他可以望空抓上一把，把这个癌抓出来。这些诀窍在科学面前，只能用古怪二字来形容。但我说到的这些还不是最大的古怪。最大的古怪是在知识的领域里……

不知道人们记不记得，"文化革命"里有过一个工农兵学哲学的浪潮。据说哲学就是聪明学，学了哲学人就会变得很聪明，可以解决一切问题。假如真能耐着性子把哲学学会，人也许能够变得聪明一些。但当时的人学的并非真正的哲学，而是一些很简单的咒语和小诀窍。怀疑这些诀窍是很不聪明的：你会被打成落后分子，甚至是反革命。我虽然很革命，但总不相信在这些咒语里包含了很多的聪明，不管怎么说罢，这种古怪就这样诞生了。时至今日，文化人总在不断地发现新的咒语和诀窍，每发现一个，就像电影《地雷战》里那个反面角色那样兴冲冲地奔走相告：地雷的秘密我知道了！在这种一惊一乍的气氛中，我们知道了"第三次浪潮""后现代"，还知道了不管说点什么，都要从文化的角度去说，只要从这个角度去说，那你就是很聪明的。作为一个知识分子，我对文化、浪潮等等抱有充分的尊敬，对哲学和文化人类学也很有兴趣。我不满意的只是在知识领域里的这种古怪现象：它和超声波哨子、打鸡血是同一类的东西。热起来人人都在搞，过后大家都把它忘掉。最后只剩下我一个人记着这些事情，感觉很是寂寞。

我说起种种古怪的事来，总该有个结论。据我所见，诀窍和真正的知识是不同的。真正的知识不仅能说明一件事应该怎样做，还能说明为什么要这样做。而那些诀窍呢，从来就说不出为什么，所以是靠不住的。能使人变聪明的诀窍是没有的。倒是有种诀窍能使人觉得自己变聪明了，实际上却变得更笨。人应该记住自己做过的聪明事，更该记得自己做的那些傻事——更重要的是记住自己今年几岁了，别再搞小孩子的把戏。岁末年初，总该讲几句吉利话：但愿在新的一年里，我们能远离一切古怪的事，大家都能做个健全的人——我实在想不出有什么话比这句话更吉利。

* 载于1997年1月3日《光明日报》。

我为什么要写作？

有人问一位登山家为什么要去登山——谁都知道登山这件事既危险，又没什么实际的好处，他回答道："因为那座山峰在那里。"我喜欢这个答案，因为里面包含着幽默感——明明是自己想要登山，偏说是山在那里使他心里痒痒。除此之外，我还喜欢这位登山家干的事，没来由地往悬崖上爬。它会导致肌肉疼痛，还要冒摔出脑子的危险，所以一般人尽量避免爬山。用热力学的角度来看，这是个反熵现象极为少见。这是因为人总是趋利避害，热力学上把自发现象叫作熵增现象，所以趋害避利肯定反熵。

现在把登山和写作相提并论，势必要招致反对。这是因为最近十年来中国有过小说热、诗歌热、文化热，无论哪一种热都会导致大量的人投身写作，别人常把我看成此类人士中的一个，并且告诫我说，现在都是什么年月了，你还写小说？（言下之意是眼下是经商热，我该下海去经商了。）但是我的情形不一样。前三种热发生时，我正在美国念书，丝毫没有受到感染。我们家的家训是不准孩子学文科，一律去学理工。因为这些缘故，立志写作在我身上是个不折不扣的反熵过程。我到现在也弄不明白自己为什么要干这件事，除了它是个反熵过程这一点。

有关我立志写作是个反熵过程，还有进一步解释的必要。写作是个笼统的字眼，还要看写什么东西。写畅销小说、爱情小诗等等热门东西，应该列入熵增过程之列。我写的东西一点不热门，不但挣不了钱，有时还要倒贴一些。严肃作家的"严肃"二字，就该做如此理解。据我所知，这世界上有名的严肃作家，大多是凑合过日子，没名的大概连凑合也算不上。这样说明了以后，大家都能明白我确实在一个反熵过程中。

我父亲不让我们学文科，理由显而易见。在我们成长的时代里，老舍跳了太平湖，胡风关了监狱，王实味被枪毙了。以前还有金圣叹砍脑壳等等实例。当然，他老人家也是屋内饮酒，门外劝水的人，自己也是个文科的教授，但是他坦白地承认自己择术不正，不足为训。我们兄弟姐妹五个就此全学了理工科，只有我哥哥例外。考虑到我父亲脾气暴躁、吼声如雷，你得说这种选择是个熵增过程。而我哥哥那个例外是这么发生的：七八年考大学时，我哥哥是北京木城涧煤矿最强壮的青年矿工，吼起来比我爸爸音量还要大。无论是动手揍他，还是朝他吼叫，我爸爸自己都挺不好意思，所以就任凭他去学了哲学，在逻辑学界的泰斗沈有鼎先生的门下当了研究生。考虑到符号逻辑是个极专门的学科（这是从外行人看不懂逻辑文章来说），它和理工科差不太多的。从以上的叙述，你可以弄明白我父亲的意思。他希望我们每个人都学一种外行人弄不懂而又是有功世道的专业，平平安安地度过一生。我父亲一生坎坷，他又最爱我们，这样的安排在他看来最自然不过。

我自己的情形是这样的：从小到大，身体不算强壮，吼起来音量也不够大，所以一直本分为人。尽管如此，我身上总有一股要写小说的危险情绪。插队的时候，我遇上一个很坏的家伙（他还是我们的领导，属于在我们这个社会里少数坏干部之列），我就编了一个故事，描写他从尾骨开始一寸寸变成了一条驴，并且把它写了出来，以泄心头之愤。后来读了一些书，发现卡夫卡也写了个类似的故事，搞得我很不好意思。还有一个故事，女主人公长了蝙蝠的翅膀，并且头发是绿色的，生活在水下。这些二十岁前的作品我都烧掉了。在此一提是要说明这种危险倾向的由来。后来我一直抑制着这种倾向，念完了本科，到美国去留学。我哥哥也念完了硕士，也到美国去留学。我在那边又开始写小说，这种危险的倾向再也不能抑制了。

在美国时，我父亲去世了。回想他让我们读理科的事，觉得和美国发生的事不是一个逻辑。这让我想起了前苏联元帅图哈切夫斯基对大音乐家肖斯塔科维奇说的话来："我小的时候，很有音乐天才。只可惜我父亲没钱给我买把小提琴！假如有了那把小提琴,我现在就坐在你的乐池里。"这段话乍看不明其意,需要我提示一句:这次对话发生在苏联的三十年代,说完了没多久,图元帅就一命呜呼。那年头专毙元帅将军,不大毙小提琴手。"文化革命"里跳楼上吊的却是文人居多。我父亲在世时,一心一意地要给我们每人都弄把小提琴。这把小提琴就是理工农医任一门,只有文科不在其内,这和美国发生的事不一样,但是结论还是同一个——我该去干点别的,不该写小说。

有关美国的一切,可以用一句话来描述:"American's business is business",这句话的意思就是说,那个国家永远是在经商热中,而且永远是一千度的白热。所以你要是看了前文之后以为那里有某种气氛会有助于人立志写作就错了。连我哥哥到了那里都后悔了,觉得不该学逻辑,应当学商科或者计算机。虽然他依旧无限仰慕罗素先生的为人,并且竭其心力证明了一项几十年未证出的逻辑定理,但是看到有钱人豪华的住房,也免不了唠叨几句他对妻儿的责任。

在美国有很强大的力量促使人去挣钱。比方说洋房,有些只有一片小草坪,有的有几百亩草坪,有的有几千亩草坪,所以仅就住房一项,就能产生无穷无尽的挣钱的动力。再比方说汽车,有无穷的档次和价格。你要是真有钱,可以考虑把肯尼迪遇刺时坐的汽车买来坐,还有人买下了前苏联的战斗机,驾着飞上天。在那个社会里,没有人受得了自己的孩子对同伴说:我爸爸穷。

我要是有孩子，现在也准在那里挣钱。而写书在那里也不是个挣钱的行当，不信你到美国书店里看看，各种各样的书胀了架子，和超级市场里陈列的卫生纸一样多——假如有人出售苦心积虑一页页写出的卫生纸，肯定不是好行当。除此之外，还有好多人的书没有上架，窝在他自己的家里。我没有孩子，也不准备要。作为中国人，我是个极少见的现象。但是人有一张脸，树有一张皮，别人都在挣钱，自己却在干可疑的勾当，脸面上也过不去。

在美国时，有一次和一位华人教授聊天，他说他女儿很有出息，放着哈佛大学人类学系奖学金不要，自费去念一般大学的 law school，如此反潮流，真不愧是书香门第。其实这是舍小利而趋大利，受小害而避大害。不信你去问问律师挣多少钱，人类学家又挣多少钱。和我聊天的这位教授是个大学问家，特立独行之辈，一谈到了儿女，好像也不大特立独行了。

说完了美国、苏联，就该谈谈我自己。到现在为止，我写了八年小说，也出了几本书，但是大家没怎么看到。除此之外，我还常收到谩骂性的退稿信，这时我总善意地想：写信的人准是在领导那里挨了骂，找我撒气。提起王小波，大家准会想到宋朝在四川拉杆子的那一位，想不到我身上。我还在反熵过程中。顺便说一句，人类的存在，文明的发展就是个反熵过程，但是这是说人类。具体说到自己，我的行为依旧无法解释。再顺便说一句，处于反熵过程中的，绝不只是我一个人。在美国，我遇上过支起摊来卖托洛斯基、格瓦拉、毛主席等人的书的家伙，我要和他说话，他先问我怕不怕联邦调查局——别的例子还很多。在这些人身上，你就看不到水往低处流、苹果掉下地、狼把兔子吃掉这一宏大的过程，看到的现象相当于水往山上流、苹果飞上天、兔子吃掉狼。我还可以说，光有熵增现象不成。举例言之，大家都顺着一个自然的方向往下溜，最后准会在个低洼的地方汇齐，挤在一起像粪缸里的蛆。但是这也不能解释我的行为。我的行为是不能解释的，假如你把熵增现象看成金科玉律的话。

当然，如果硬要我用一句话直截了当地回答这个问题，那就是：我相信我自己有文学才能，我应该做这件事。但是这句话正如一个嫌疑犯说自己没杀人一样不可信。所以信不信由你罢。

* 载于1994年3月出版的第111期《香港文学》杂志。

工作与人生

我现在已经活到了人生的中途，拿一日来比喻人的一生，现在正是中午。人在童年时从蒙眬中醒来，需要一些时间来克服清晨的软弱，然后就要投入工作；在正午时分，他的精力最为充沛，但已隐隐感到疲惫；到了黄昏时节，就要总结一日的工作，准备沉入永恒的休息。按我这种说法，工作是人一生的主题。这个想法不是人人都能同意的。我知道，在中国，农村的人把生儿育女看作是一生的主题。把儿女养大，自己就死掉，给他们空出地方来——这是很流行的想法。在城市里则另有一种想法，但不知是不是很流行：它把取得社会地位看作一生的主题。站在北京八宝山的骨灰墙前，可以体会到这种想法。我在那里看到一位已故的大叔墓上写着：系副主任、支部副书记、副教授、某某教研室副主任，等等。假如能把这些"副"字去掉个把，对这位大叔当然更好一些，但这些"副"字最能证明有这样一种想法。顺便说一句，我到美国的公墓里看过，发现他们的墓碑上只写两件事：一是生卒年月，二是某年至某年服兵役；这就是说，他们以为人的一生只有这两件事值得记述：这位上帝的子民曾经来到尘世，以及这位公民曾去为国尽忠，写别的都是多余的，我觉得这种想法比较质朴……恐怕在一份青年刊物上写这些墓前的景物是太过伤感，还是及早回到正题上来罢。

我想要把自己对人生的看法推荐给青年朋友们：人从工作中可以得到乐趣，这是一种巨大的好处。相比之下，从金钱、权力、生育子女方面可以得到的快乐，总要受到制约。举例来说，现在把生育作为生活的主题，首先是不合时宜；其次，人在生育力方面比兔子大为不如，更不要说和黄花鱼相比较；在这方面很难取得无穷无尽的成就。我对权力没有兴趣，对钱有一些兴趣，但也不愿为它去受罪——做我想做的事（这件事对我来说，就是写小说），并且把它做好，这就是我的目标。我想，和我志趣相投的人总不会是一个都没有。

根据我的经验，人在年轻时，最头疼的一件事就是决定自己这一生要做什么。在这方面，我倒没有什么具体的建议：干什么都可以，但最好不要写小说，这是和我抢饭碗。当然，假如你执意要写，我也没理由反对。总而言之，干什么都是好的；但要干出个样子来，这才是人的价值和尊严所在。人在工作时，不单要用到手、腿和腰，还要用脑子和自己的心胸。我总觉得国人对这后一方面不够重视,这样就会把工作看成是受罪。失掉了快乐最主要的源泉,对生活的态度也会因之变得灰暗……

人活在世上,不但有身体,还有头脑和心胸——对此请勿从解剖学上理解。人脑是怎样的一种东西,科学还不能说清楚。心胸是怎么回事就更难说清。对我自己来说,心胸是我在生活中想要达到的最低目标。某件事有悖于我的心胸,我就认为它不值得一做;某个人有悖于我的心胸,我就觉得他不值得一交;某种生活有悖于我的心胸,我就会以为它不值得一过。罗素先生曾言,对人来说,不加检点的生活,确实不值得一过。我同意他的意见:不加检点的生活,属于不能接受的生活之一种。人必须过他可以接受的生活,这恰恰是他改变一切的动力。人有了心胸,就可以用它来改变自己的生活。

中国人喜欢接受这样的想法:只要能活着就是好的,活成什么样子无所谓。从一些电影的名字就可以看出来:《活着》《找乐》……我对这种想法是断然地不赞成,因为抱有这种想法的人就可能活成任何一种糟糕的样子,从而使生活本身失去意义。高尚、清洁、充满乐趣的生活是好的,人们很容易得到共识。卑下、肮脏、贫乏的生活是不好的,这也能得到共识。但只有这两条远远不够。我以写作为生,我知道某种文章好,也知道某种文章坏。仅知道这两条尚不足以开始写作。还有更加重要的一条,那就是:某种样子的文章对我来说不可取,决不能让它从我笔下写出来,冠以我的名字登在报刊上。以小喻大,这也是我对生活的态度。

* 载于 1996 年第 10 期《辽宁青年》杂志。

图书在版编目（CIP）数据

一只特立独行的猪／王小波著．—2版．—北京：
北京十月文艺出版社，2021.1
ISBN 978-7-5302-2027-6

Ⅰ．①一… Ⅱ．①王… Ⅲ．①杂文集－中国－当代
Ⅳ．①I267.1

中国版本图书馆CIP数据核字（2020）第014042号

一只特立独行的猪
YI ZHI TELIDUXING DE ZHU
王小波 著

出　　版	北京出版集团
	北京十月文艺出版社
地　　址	北京北三环中路6号
邮　　编	100120
网　　址	www.bph.com.cn
发　　行	新经典发行有限公司
	电话（010）68423599
经　　销	新华书店
印　　刷	山东韵杰文化科技有限公司
版　　次	2021年1月第2版
印　　次	2023年12月第16次印刷
开　　本	850毫米×1168毫米　1/32
印　　张	7.5
字　　数	134千字
书　　号	ISBN 978-7-5302-2027-6
定　　价	59.00元

质量监督电话　010-58572393
如有印装质量问题，由本社负责调换

版权所有，未经书面许可，不得转载、复制、翻印，违者必究。